波特萊爾，
你做了什麼？

臺灣詩學散文詩選

寧靜海　漫漁──

──主編

## 【總序】
# 二○二二，不忘初心

李瑞騰

　　一些寫詩的人集結成為一個團體，是為「詩社」。「一些」是多少？沒有一個地方有規範；寫詩的人簡稱「詩人」，沒有證照，當然更不是一種職業；集結是一個什麼樣的概念？通常是有人起心動念，時機成熟就發起了，找一些朋友來參加，他們之間或有情誼，也可能理念相近，可以互相切磋詩藝，有時聚會聊天，東家長西家短的，然後他們可能會想辦一份詩刊，作為公共平臺，發表詩或者關於詩的意見，也開放給非社員投稿；看不順眼，或聽不下去，就可能論爭，有單挑，有打群架，總之熱鬧滾滾。

　　作為一個團體，詩社可能會有組織章程、同仁公約等，但也可能什麼都沒有，很多事說說也就決定了。因此就有人說，這是剛性的，那是柔性的；依我看，詩人的團體，都是柔性的，當然程度是會有所差別的。

　　「臺灣詩學季刊雜誌社」看起來是「雜誌社」，但其實是「詩社」，一開始辦了一個詩刊《臺灣詩學季刊》

（出了四十期），後來多發展出《吹鼓吹詩論壇》，原來的那個季刊就轉型成《臺灣詩學學刊》。我曾說，這一社兩刊的形態，在臺灣是沒有過的；這幾年，又致力於圖書出版，包括同仁詩集、選集、截句系列、詩論叢等，今年又增設「臺灣詩學散文詩叢」。迄今為止總計已出版超過百本了。

根據白靈提供的資料，二〇二二年臺灣詩學季刊雜誌社有八本書出版（另有蘇紹連主編的吹鼓吹詩人叢書二本），包括**截句詩系、同仁詩叢、臺灣詩學論叢、散文詩叢等**，略述如下：

本社推行截句幾年，已往境外擴展，往更年輕的世代扎根，也更日常化、生活化了，今年只有一本漫漁的《剪風的聲音──漫漁截句選集》，我們很難視此為由盛轉衰，從詩社詩刊推動詩運的角度，這很正常，今年新設散文詩叢，顯示詩社推動散文詩的一點成果。

「散文詩」既非詩化散文，也不是散文化的詩，它將散文和詩融裁成體，一般來說，以事為主體，人物動作構成詩意流動，極難界定。這一兩年，臺灣詩學季刊除鼓勵散文詩創作以外，特重解讀、批評和系統理論的建立，如寧靜海和漫漁主編《波特萊爾，你做了什麼？──臺灣詩學散文詩選》、陳政彥《七情七縱──臺灣詩學散文詩解讀》、孟樊《用散文打拍子》三書，謹提供詩壇和學界參考。

　　「同仁詩叢」有李瑞騰《阿疼說》，選自臉書，作者說他原無意寫詩，但寫著寫著竟寫成了這冊「類詩集」，可以好好討論一下詩的邊界。詩人曾美玲，二〇一九年才出版她的第八本詩集《未來狂想曲》，很快又有了《春天，你爽約嗎》，包含「晨起聽巴哈」等八輯，其中作為書名的「春天，你爽約嗎」一輯，全寫疫情；「點燈」一輯則寫更多的災難。語含悲憫，有普世情懷。

　　「臺灣詩學論叢」有二本：張皓棠《噪音：夏宇詩歌的媒介想像》、涂書瑋《比較詩學：兩岸戰後新詩的話語形構與美學生產》，為本社所辦第七屆現代詩學研究獎的得獎之作，有理論基礎，有架構及論述能力。新一代的臺灣詩學論者，值得期待。

　　詩之為藝，語言是關鍵，從里巷歌謠之俚俗與迴環復沓，到講究聲律的「欲使宮羽相變，低昂互節，若前有浮聲，則後須切響」（《宋書・謝靈運傳論》），是詩人的素養和能力；一旦集結成社，團隊的力量就必須出來，至於把力量放在哪裡？怎麼去運作？共識很重要，那正是集體的智慧。

　　臺灣詩學季刊社將不忘初心，不執著於一端，在應行可行之事務上，全力以赴。

## 【推薦序】
# 何其精緻的阿米巴宇宙

陳巍仁（元智大學通識教學部助理教授）

　　為了呼應這本難得合集的書名，也為了向已不須收在此集子中的先驅致敬，我便採用了讀畢後心中最先冒起的念頭，作為本文的的囊括。〈阿米巴弟弟〉是我極愛的商禽散文詩，兼具了神祕與生活感，甚至較〈躍場〉等名作更直印我心。阿米巴是種單細胞原生生物，具備隨需要改變形體之特徵，亦即所謂「變形蟲」。商禽此詩象徵意義分析者眾多，此處不多贅述，我所獨愛與一眼即受吸引的核心，就是其理直氣壯、無所不可的化變賦形，「我奇怪人有一個這樣的弟弟『是既乾淨又髒的？』像一隻手，浣熊的，我想其掌心一定像穿山甲的前爪。一個人有個阿米巴弟弟既像浣熊又像穿山甲，而我在夜半的街頭有數十個影子。」在商禽眼中，這弟弟又「簡直是一隻嗥月的獸」。

　　散文詩的宿命，來自於其命名，甚至可稱為言靈。打從波特萊爾開始，散文詩便注定了無從歸屬的特質。最早波氏會將自己的分行詩作改寫為散文，企圖瓦解韻律句式等諸多限制，去其皮相，以單純敘述，回歸最原始，驅

動其下筆之詩意。五十首小散文詩合為《巴黎的憂鬱》，則是獨一無二、雜陳多味的雞尾酒，讓品嘗過的人難以忘懷，亦從此在文學史中佔了一席之地。須特別強調的是，波特萊爾散文詩，挑戰的乃是西方「韻文」與「非韻文」之界線，思維素材本可選配各種形式，然而若某些一向被認為適用於韻文的內容，被以看來礙眼、違和的語言敘述方式呈現，這種「不適感」就是新美學的發生點。因此，當波氏散文詩大剌剌地展示巴黎的髒臭腐朽、市井對話耳語之粗俗不堪，原以詩目之的讀者自不免受到冒犯，然而當批評風過，想像退去，在書中屹立不搖的卻是一座更加真實的巴黎，花都的繁複與永恆之美，即使用反向驗證亦能得出，商禽所言「既乾淨又髒」，如同洗滌食物的浣熊或深刨地土之穿山甲，兩種特徵並存而無礙，從世上第一部散文詩集起就是如此了。

　　用動物來比喻散文詩，其實非常直觀而鞭辟，我想，具備分類系統的植物或所有生物亦然，本集中收錄的散文詩競寫主題，或可看出這一線脈絡。對散文詩的感受，可以說像鯨魚、像蝙蝠，甚至可說是卵胎生鴨嘴獸、兼具動植物特性的海葵等等，散文詩一開始是跨界，但再過來就是「變形」，以其無所不像為標誌。這時，就可以稍微討論一下令人煩惱的文類四分法系統了。

　　簡而言之，散文詩所對應的本是西方韻散二分法，然

而為推動華文白話文運動，在上世紀初，文學界便融合中外古今經驗，快速而具任務性的發展出詩、散文、小說、戲劇的四分法系統。每種文類為了彼此義界，以及在內部分出高低，美學標準也經密集且大量討論而成形，這便造就了種錯覺，彷彿文類畛域是種先驗或自然存在，現今散文詩的種種矛盾，就是從四分法系統中計較而生。詩一旦不加分行，標點完整，句句語義邏輯相續，當如何與散文區分？若此中具有明確情節，又如何與小說區分？種種對話、場景甚至舞臺效果，又怎言與戲劇無關？於是散文詩竟無一處可供安頓，看它像什麼，它就是什麼，而且越看越像。無論佳作有多少，或縱然是源自波特萊爾的謬思，在四分法中也無位置。這種變形，其實並不受歡迎，如對月而嚎之狼人，終歸是異獸之屬。

這些例子多不勝數，早在一九九八年，陳克華以〈地下鐵〉獲聯合報文學獎新詩獎第二名（首獎從缺），此作就是篇散文詩。然而依該獎徵文辦法，卻有明確的行數不得超過五十行、字數不得超過八百字之規定，因此在結果公布後，便引來了詩壇的喧然大波，尤其在「分行」一節上，更被質疑者認為嚴重違規，早在初審就該被淘汰，而此詩最後竟能得獎，顯然無論評獎程序與評審能力皆有問題。文學獎優勝作品素質如何，本就可受公評，然癥結若出在形式，便會被簡化為一翻兩瞪眼，僅是符不符合規

定的明白事兒。不過真相哪有這麼容易？文類自內而外的
種種定義，無一不是莎翁式的「靈魂拷問」，誰云如此？
何以如此？豈必如此等等，只要迴避，就是無解。因此就
算到了二〇二二年，臺北文學獎新詩獎由洪萬達〈一袋米
要扛幾樓〉掄元，這回分行形式勉強合格，然而根本是散
文、根本是小說、根本是戲劇的變形枷鎖復被重重疊套，
是不是詩，彷彿比作品好不好來得受人矚目。

　　因此，這本選集意義才如此重大。文壇就是權力場，
文類自是交鋒場域，在四分法系統下，散文詩一直沒有
真正的容身之處，除非如祖師爺那樣自成一輯。實際上，
臺灣當代散文詩就是由商禽《夢或者黎明》、蘇紹連《驚
心散文詩》、《隱形或者變形》、渡也《面具》、杜十三
《愛情筆記》、《新世界的零件》等具有標示性的作品
集所逐漸「證成」，除此之外，無論是在各文學獎、文學
大系、文學年度選，散文詩幾乎都無話語權。在此之前，
莫渝曾編選《情願讓雨淋著》，用以呈現華文散文詩的發
展，李長青與若爾・諾爾主編《躍場：臺灣當代散文詩詩
人選》，則是由散文詩人自選其作，可說最具代表性。
與此二書不同的是，臺灣詩學季刊這次鄭重擔起了構築舞
臺的任務，以四屆的「散文詩獎」、四個回合的「散文詩
競寫」，輔以同仁們的演示，從根本上讓散文詩「自成文
類」，不受老舊系統的牽連，讓作品在理想環境下自由生

長，探索文類的高度，毋庸再煩惱身世與血統之餘事。於
是我們就可以看到，有不少未以分行詩知名，未出版過詩
集，未必得過其他文學獎的創作者，在散文詩領域中大放
異彩，甚至每役必與，能量盈滿不歇，這種健康的「野
生」感，實是文類得以延續的要件。

在此前提下，散文詩終於始可言文類美學矣。

先前散文詩研究者都觀察到，散文詩總依附於詩之
下，或許可說是種「詩餘」，散文詩得先是詩，創作者得
先是詩人。對臺灣當代散文詩而言，這既是大幸也是不
幸。紀弦與余光中等教父、祭酒級人物，對散文詩都沒有
什麼好話，認為其不倫不類，拉倒取消可也，直接歸屬於
詩最乾脆。從詩人此類堅持中，不難看出散文詩以「詩
質」為先，因此散文詩才沒「走偏」。這個結果絕對不是
那麼想當然耳，比如莫渝、秀陶等具備外語閱讀能力的散
文詩譯者，從世界各國、各地區散文詩視角綜合觀察，就
未必認為詩的比重那麼緊要，或是「美文」也未嘗不可。
對岸的散文詩，也明顯較臺灣來得更寬泛、更浪漫，更能
接受以「自我認定」為標準。

臺灣散文詩的詩質，基本建構在超現實、荒謬劇，以
及「驚心一擊」等技法上，並帶有顯著的哲學思辨性格，
在創作與接受史中，都有脈絡可循，原因不難找到，但久
而久之，也不免自成習套，難出新意，進入新世紀後，原

本的特色便成了障礙，新生代創作者即使未明言，但在路線上也開始銳意區分，以別舊途了。由是，我們可從兩點探討本選集之重大意義。

首先，自商禽以降的臺灣散文詩觀，是否對華文當代散文詩造成影響，這點當然是肯定的。散文詩獎與競寫皆向華文創作者開放，從結果來看，獲獎、入選者來自兩岸、香港、馬來西亞、新加坡各地，這就使這本選集具有取樣意義，然而，畢竟主辦單位是臺灣詩學季刊，且既是競賽，不免就有權力存焉，包含評審聘任、評分標準等因素，所篩選、肯定之作品，當然也必符合於臺灣散文詩美學。評審們的散文詩素養有強大的歷史積澱，也易獲共識形成大方向，以前述幾個詩質證諸本集散文詩作，應該非常明顯。我想，參賽者對經典的熟悉揣摩，對賽制的預期心理，對如何趨近臺灣散文詩在華文文學中獨樹一格的表現，都必然影響其創作策略，表裡相因，或有加固既定印象的可能，不過，再細細品之，卻又能感覺並非如此。

姑且這麼比喻好了，能駕馭散文詩的，都是練家子。要麼非常清楚散文詩與詩、文的差異，要麼已經形成一套完整的認知，或者正在嘗試各種實驗或調整。這一座競技場，就是供高手過招之用。

秀陶一向主張散文詩應儘量開放，「驚心者七百三十一種效果之一而已，何必棄七百三十種不理而僅求驚心一

味？」在其心目中，散文詩具百千變化，不可獨沽一招。我更願意從散文二字，深解此文類最難得之處。要知所有的文學，其基礎就是散文，也就是貼切而完整的敘述，散文語言是種原質，散文則可說是「元文類」，我們尤其難以否認，散文詩就是散文。是以散文詩有種質樸的格調，不若分行詩那般跳躍而具表演性，然而大巧若拙，大工反隱，這就更像內力的較勁。況且，真的拚搏起來，其驚其險，更讓入門懂行之人大呼過癮，此即本選集最難得之處，超越了地域，綜華文創作者之大成，主題多寫生活，亦可兼及新聞時事，濃濃淡淡，乍看尋常，然筆勢一轉，姿態或姝或昂，諸般氣韻再無第二人可複製，細膩之處不能多言，我在閱讀初稿的過程中，已不知拍案幾回，此間樂趣，惟散文詩有之。

且讓我們再次回想商禽創造的阿米巴，那是與我們有血緣關係的弟弟，是個初原的單細胞，半個多世紀後，不僅化成了街頭的數十個影子，更遠超他的想像，變為無數的星系，一整個宇宙。

散文詩從疑問中誕生，也不妨被視為一個永遠的問號，因為比其他文類承受了更多的批評，故而成了幽微的領域或邊疆。這是件好事，就我們所知，宇宙仍在擴增，其中有生有滅，有光有暗，這部選集，就是最新的韋伯太空望遠鏡。

# 目　次

## 輯一 ｜ 彼岸・此岸

### 2010年第一屆臺灣詩學詩創作獎：散文詩獎

## 2018年第五屆臺灣詩學詩創作獎：散文詩獎

## 2020年第六屆臺灣詩學詩創作獎：散文詩獎

## 輯二 ｜ 印象・寫實

### 2020第一回散文詩競寫主題：動物

**【優勝】**

**【佳作】**

## 2020第二回散文詩競寫主題：夢

### 【優勝】

### 【佳作】

## 2021年第二回合散文詩競寫主題：新聞

### 【優勝】

### 【佳作】

## 輯三 | 距離・代入

**臺灣詩學季刊雜誌社同仁作品**

彼岸・此岸

# 2010年第一屆臺灣詩學詩創作獎：
# 散文詩獎

## （不分名次）

（相片提供：蘇紹連）

## 〈紅窗花〉

■ 鮮聖

　　母親的指尖著火了，剪刀的刀刃上流淌著桃花的血液。

　　母親低著頭，用鋒利的目光剪三月的春風、剪五月的麥香。一團團火焰把她包圍，瘦長的身影像一朵紅彤彤的雲，貼在了玻璃的傷口上。手中的蓮花開得正豔。

　　剪紅了山，剪紅了水，剪紅了山裡的牛和羊。

　　母親抬頭看天邊的夕陽，一滴淚水打濕了桃花的花瓣。沿著淚痕，她剪出了一塊紅手娟，剪出了一張紅地毯。

　　一生的剪刀，鍍上了一層亮光。臉上的笑，像一堆燃燒的篝火，把玻璃照得發燙。

　　鄉村和籬笆全都著上了顏色。坐在土牆屋裡的父親，沉默著，盯著母親把一段段光陰剪得形態萬千。

　　紅窗花像一塊紅亮亮的碳，父親這塊冷冰冰的鐵，漸漸被它燒紅了。

# 〈紅燈籠〉

■鮮聖

　　懸掛在屋簷下的紅燈籠，像一顆紅透了心的柿子，望著它，鳥也有了隱私和欲望。

　　照耀著屋前屋後的路，但它本身並不是用來照明的。

　　它是鄉村燃燒的月亮。

　　紅色火苗舔舐著空曠的夜空。鄉村的禪語在靜默中散發著煙氤。悠長的歲月和遠去的日子，一隻紅燈籠具備了誘惑的力量。懸掛，高過時間的門檻。

　　但我更願意把它當作一顆紅柿子。

　　鄉村這棵大樹，春天的枝椏不能老是空著。

　　掛著它，鳥在屋簷下飛來飛去，總想飛上去啄一口。

## 〈紅蘋果〉

■鮮聖

　　我遇見了一隻紅蘋果，我花錢買下了它。

　　刀子在紅撲撲的蘋果上走動，我削下了一堆容顏。

　　我聽見了蘋果的心跳，看見了蘋果的眼神，但我仍在削，動作多麼笨拙，我削得小心翼翼。

　　這只紅蘋果，我送給了我的愛人。她在收拾一堆紅豔豔的果皮時，沒有任何猶豫，轉身丟進了垃圾箱。她根本不知道，我對一隻紅蘋果有過短暫的憐憫。

　　紅蘋果消失了。我的目光卻老是在垃圾箱周圍徘徊。

　　躲過愛人的眼神，我悄悄打開垃圾箱又去瞧了瞧，那堆紅果皮，正在慢慢褪色。

## 〈夜孃〉

■連展毅（旋轉木馬）


　　我悄悄潛入濃妝豔抹的夜。夜越深，肉體變得越年輕，靈魂變得越蒼老，我以小時為單位兜售自己。

　　在一個個陌生男子的愛撫之下，我逐漸形塑出成熟女人的胸臀曲線。有些男人拿鈔票將我變成了木偶，隨他們的指令擺弄著可笑的姿勢；有些男人，在酒氣的蒸騰後退化為獸；更多男人一邊用陽具戳扎我的神經，一邊問道：「舒服嗎」？我想，他們應該聽不懂越南話的「痛」！

　　在熱水的淋浴下，我一次次重新受洗成為教徒。

　　每次和故鄉的母親通電話，她總問我：「工作辛苦嗎？」我強忍住委屈，將身體一寸寸地縮小擠進話筒，經過一段煎熬的旅程終於返家。母親驚訝地看著我僵硬的笑臉。我答道：「工作一點也不辛苦！」

　　我不能讓她看出我的子宮正汩汩地在淌著淚。

# 〈治病〉

■ 連展毅（旋轉木馬）

　　我在家中窩成一本月曆，一日日被撕去生命的厚度，於是打包寄往臺灣接受治療。

　　我每天花十二個小時復健，其餘則用來吃飯、睡覺和想家。一大早，在工廠鈴聲的催促下，我匆忙鑽進某個分配好的螺孔。時間旋緊我我旋緊身體，任由機器矯正脊椎的彎度。

　　當我不累時，會在工作桌上偷畫新家設計圖、編織父母的新衣、圈選弟妹來年要就讀的小學；當我很累，我的抱怨一出口總化為別人聽不懂的泡沫。我在出勤記錄簿上量身高，在薪資袋上秤體重。當我駝了，出勤記錄就長高；當我瘦了，薪資袋就變胖。

　　每個月有一天的療程去河邊。只有潛入水中，我才驚覺自己猶是一尾逡巡在故鄉水域的茶魚──我的鱗我的鰭我的鰓，我那張不大也閉不緊的眼瞼，完完全全made in Vietnam。

## 〈泡麵〉

■連展毅（旋轉木馬）

　　母親籌湊不出旅費，只好偷偷把叮嚀與泡麵塞成一箱遙寄給我。郵資是一經水便膨脹的擔憂。

　　就著微弱月色，我拆解起包裹，回憶拆解起我，沒一會我終於赤裸，慌忙鑽入箱中。我以一貫蜷曲的姿勢聆聽母親教誨，卻不經意瞥見泡麵吃掉父親的香菸、弟弟妹妹的零嘴，以及母親那條怎麼也捨不得丟的舊紗襱。

　　有同事自箱外走過，好奇地以言語拍打著我：「有人在嗎有人在嗎有人嗎？」我溺在自己的眼淚裡無法出聲制止——別！你恐怕敲壞的可是我魂牽夢縈的家。

　　我撕開調味包，好不容易擠出一個美夢。泡麵裡的麵是故鄉的山巒，泡麵裡的湯是故鄉的河川，至今兩年的外勞生活，母親總共殷切地囑咐了二十四遍「記得按時吃飯」。

　　我含淚吞進六百多個越南。

# 〈鍵盤裡看不見的貓兒〉

■ 蘇家立

　　牠的腳步比敲擊聲還輕，瞪大的鈴眸，卻鎖焦著腳下方形的鍵盤。越過字與字狹窄的溝渠，將發情與春天的花留在輸入法裡，等意識成形後匆匆離開。那是牠數位化的驕縱。

　　牠要的只有螢幕中游晃的魚兒，所有設計好的腳步聲，看似緊追著魚兒，卻在不知覺中離目標越來越遠，而貼攏一個個字體的魚骨刺，牠不想要。

　　看透了鍵盤遠方的綠光，牠蜷縮成一團棉花，睡在數字5的懷抱裡，等待下一雙手溫暖地撫摸。而遠處的魚兒正箭形地竊笑。

## 〈螢幕中盼望浮上的魚〉

■蘇家立

　　螢幕是面有限的海，沒有深度，卻平板地囚禁了我，而這裡沒有浪花和海鷗。眼前佈滿一塊塊方形的渚州，用尾鰭輕輕碰觸，它們便突如其來的臉色發青，再輕輕以胸鰭拍擊，又是一汪滄桑的白海，怎樣急游也只能撞上線狀的岩壁。

　　我沒有辦法浮出海面，身體被一隻老鼠的長尾緊緊捆著，牠只要輕輕地甩動，螢幕就會颳起暴風，而我必須藏匿在某個「　　　」中，等待脫困的時機來臨。

　　頭顱雖然尖銳如箭，但我沒有飛的權利，只能輕輕地刺穿，一片片被螢幕定錨的小沙丘，而它們從不流血也不掉落任何沙粒。

## 〈躺在桌面總被掌握的老鼠〉

■蘇家立

　　你奢望的乳酪並不在這兒。你不怎麼老，卻必須長年躺臥。

　　你躺成他們要的樣子，被一雙雙大小不同的手侵略過，遺留複雜的指紋和黏膩的汗垢。蟄伏背部的滾輪，只為了搖晃潛藏螢幕之中，生機蔚然的大陸棚。你無法以意志奔走，孤單地在黑色影子上滑行，如夏末最後的冰層。

　　而你的尾巴終究拉著一條陌生的小魚，來來去去，同時提防躡足踅過鍵盤的貓兒，會不會向螢幕拋出個具體的「喵」，嚇壞了你，也嚇昏了螢幕上唯一的魚兒。

# 〈你離開之1〉

■ 邱彥哲

　　你離開，把鑰匙帶走。你說你不是故意的。我無從解釋。僅能翻開書闔上眼，聽見窗外的大象走過。重重的步伐有輕輕的回音，他悄悄運走時光。下午，一杯煮得過久的紅茶。苦澀。我小心養大的魚呢？在這個時候都暴斃了。他們浮起來，浮到我的眼皮之上。他們抗議，他們腐爛了。這樣盛夏透明的姿態。我張開了眼，看見你回來。帶著鑰匙，打開我，穿越過我，沒有絲毫的懷疑。再把門默默地轉上。我們於是又共處一室了。但大象越走越遠。我們裝傻，但我們臉上都有種被狠狠踩過的表情。

## 〈你離開之2〉

■邱彥哲

　　而這次你走得更遠了。我不得不佩服你的詭計。在枕頭上和棉被下，找到最安穩且舒適的堡壘。你的呼吸也許是緩慢如蝸牛一般（爬過。馴馴爬過我看書的床邊。我已不再透明了現在），但你是狡猾的是鷹的那種。你險險地站在樹梢，我則在熱帶雨林裡迷了路。但我要假裝，一切都要先假裝，假裝我有個指南針。即使到了南極，也絕不要喊冷。我要假裝，其實我原本就是冷的。而你的夢那麼冷，卻沒有這場雨還冷。房間裡的電風扇轉動，靜靜坐著，我則等待被風吹散的時機。

## 〈你離開之3〉

■邱彥哲

　　這次我們用甜蜜的語言交換分離的心得，然後就同意可以一起睡眠。可是我還是趕到一種遙遠，用最寂寞的方式。就是因為我們如同玉石般的完美，才讓我看見光澤中閃爍的細縫。我開始偏愛微微突起的腹肌，想前往那些曖昧不明的，被鹹霧封鎖的島嶼；我想你也是吧，和網友彼此留言，和可愛年幼的小蜘蛛作淺淺的訪談，或許談及那些，但不會履行的條約，當絲穿過月光的時候，透明的液體滑動。都走到了這一步了，我們仍然可以深深地愛著，因為那些都只是A片，A片只是幽靈，比所有的動物都輕，不會附著，因為我們如此善良。以及，再遠，我們仍然走不出彼此的房間。

# 〈末班車〉

■ 洛盞

　　這是一次幾乎要放棄的旅行，他預知不了那些拙於言辭的埋伏，在城市裡，他像一只從不清洗的答錄機，或者明亮的器皿裡最後一滴汙汁，遲遲不肯融化。他試圖將自己從黑暗裡劈出來，他看到了滿是斧痕的自己：他的誠實、他的雄心、他的自我折磨和陰鬱的歷程。色調陰暗的回憶總在他睡著的那一刻結束，那一刻，電視臺的粉色飛艇，重新懸浮在他近旁，他們有著同樣的弧線和譜系，他們像清晨的葵花一樣乾淨、喜悅、薄薄的吼叫。然而這畢竟是一次幾乎要放棄的旅行，他手裡的車票皺巴巴的，像抓著一張自己的逮捕證。天色已經很黑了，窗外的樓群，像一株株筍。晚風慢慢收攏，一場微雨不期而至，路上開始佈滿神秘的走獸留下的腳印。

## 〈即景〉

◼ 洛盞

　　夜色的貨車笨拙地啟動，一切都是慢的。一群水鳥卻正進行著一場華麗的溜冰比賽。

　　河面光滑得近乎奢侈，倒影是它們順從的冰刀；凌亂而溫和的裁判，荷葉頂起象徵權威的寬大帽檐。岸邊的松樹像儀錶盤上的指針精確地抖動著；焦灼而有教養的觀眾，岩石在山的陰影裡沉默地灼燒！

　　河流清澈的情欲，卻因鳥的倒影不是鳥而暗自傷心，轉而去擁抱流星隕落般的犬吠……

## 〈車逝〉

■ 洛盞

雨停了，我看到了他乾淨的面孔，他的面孔，像絲綢一樣掠過我的鼻尖。這是個夏天的夜晚，二十分鐘前我打碎了一隻盤子，於是一場晚宴只剩下輪廓。十分鐘之前我在校園裡走，玫瑰色的枝椏間有我所不知的犄角，鳴蟲也像特意養大的。看到他之後，我胸膛裡滿是檀香肥皂的味道，比如說，一場車禍，在你每天都要經過得路上。你畢竟走過那個位置，時間又不是你的，彩色地圖上的某一點。「一個日子寬恕著另外一個日子」，我們成長緩慢，中空，有節。我們愛著平靜的糾纏和紊亂的斷絕。可我們回憶時放出的蜈蚣都朝向一個不幸的人，之後再念及此，我不能夠再次像當時那樣沉迷於一種完整的時刻，那一切像倒過來的竹影、或蜀葵的影子、像是夢裡染上的疾病。

# 2018年第五屆臺灣詩學詩創作獎：
# 散文詩獎

（按發表順序）

（相片提供：簡美玲）

## 【首獎】〈回頭是岸〉

■林念慈

　　鐵捲門顫悠悠地拉上，透一點兒黃昏，一點醃漬的時光，老人來不及自我介紹，於是尷尬地笑笑，無妨；馬路上太多未知的方向，老人數著一輛又一輛，地獄、天堂、地獄、天堂……數著數著就忘記數到哪兒，才想重頭開始，幕就垂下。

　　那個字老人不敢說，只敢在深夜吐個信：厶——。生命一直在漏風，涼颼颼地在耳邊吹；老人繼續坐著看車，車像河流人像什麼，白帶魚擱淺還是劍要出鞘？反正都一把一把冷不防地閃光。他咧開嘴，想著苦海無牙。

## 【首獎】〈人權宣言〉

■林念慈

　　「我不是一個人。」老人的意思是還有瑪莉呀，瑪莉
會推著他到太陽下晾一晾，像對待襯衫那樣，抖一抖、燙
一燙、再吊掛；說真的老人不喜歡陽光，尤其是冬天的早
晨，像孩子的電話，有一搭、沒一搭。

　　把人晒乾了以後，日子枯槁又易碎，老人想撿拾自
己，卻掉了一地尷尬；「唉呀阿公你又在幹嘛！」瑪莉生
氣、瑪麗不生氣、瑪莉……挑釁變成唯一的樂趣，有人生
氣，老人就覺得這屋子還活著，還能理直氣壯地宣布：
「我是，一個，人！」

## 【首獎】〈浪漫的邀約〉

■ 林念慈

　　點滴瓶裡有封信，每個字都跑進老人的血管裡：「來‧跳‧舞‧吧！」有人邀請他參加狂歡趴踢，請攜帶靈魂，不要該死的肉體就好；老人還在考慮是否參加，眼睛像鐵捲門半掩，活著第一次有權力大翻白眼，醫療儀器的指數都很沒格調，自己說話還自己消音，嗶——嗶——嗶——。

　　白袍的天使和黑色的斗篷打架，大兒子跟小兒子打架，老人只想擁抱著點滴架，跳一曲煽情的華爾滋，Goodbye my love！我的愛人再見，Goodbye my love！相見不知哪一天……直到幕又升起，燈光明亮。

## 【優等獎】〈藥〉

■沈宗霖

　　他用中藥牛皮黃紙包裝炙甘草二兩，乾薑兩半，晚蠶沙一兩，再將紙摺疊成一隻紙鶴，那必是豔陽晴天才能抵達我的窗子。聽見鶴翅拍打、紙張窸窣的聲響，知道吃藥時間到了。紙鶴夾字條：每日早晚兩次服用。藥材倒出來，一時不知該不該沿著他的摺法，沿著那經緯的摺線，將紙鶴折回去。那紙鶴似乎放棄了返航的能力。他都這樣關照他的愛人嗎？曾經看過一隻隻紙鶴橫死路邊，大雨毫不留情把紙澆融了，碎散了一地白茯苓、虎脛骨、山茱萸。

## 【優等獎】〈拔罐〉

■沈宗霖

　　愛人背對我睡著了，我數著他背部拔罐的圓形血印，背著圓周率不可整除：3.14159265……想真空罐子插滿他的背，一團肥肉在罐子裡紅通脹腫，吸附著穢氣、脂肪、我們愛的疲憊。

　　有時和他做愛，也是夜市玩套圈圈的遊戲，一種無限拋擲，連環套的慾望。我在原地呼應著他，孩子們都笑了，他們知道那展示著歲月——各種器官玩具，心肝脾肺腎在真空罐子裡裝好。我在原處等候著他。不會動，只是善於腐壞。太陽升起，整個夜市也有營業休止時間……

# 【優等獎】〈澡〉

■沈宗霖

「只有我知道你脫褲子會先脫右腳還是左腳；只有我知道，你洗澡會先洗頭還是身體。當你一先洗身體，留下那孤零零的頭顱，整個地球變得不對勁……」

一個人洗澡唱歌，想你的聲音並不會從當年遼闊無邊的浴池，加入我的迴音。最好我們的衣服都被偷走，然後全裸逃開；在竹林間躲避村民們的追擊，無數火炬照亮整個硫磺蒸騰的村莊。直到如今那浴罷的水珠仍保有當年的藥性，沾在我的腿毛不肯滑下，為了增強我的腳力，與你繼續奔逃。

## 【佳作】〈草食男〉

■ 吳添楷

　　遠處的羊咀嚼著安逸，似乎一陣大風吹，也不怕皮毛隨著昭和草飄向另一處牧場，直到發現自己與那片雲，絨成一件秋季新款衣裳，才選擇離開牧場。

　　女孩身上，散發的陽光，是從未有過的企盼與愜意，前往牧場的路上，有位草食男自口袋裡滑了出來。

　　兩人羞澀望著彼此，經時間催化，慢慢磨成一片牧草和一抹夕陽。

# 【佳作】〈沙發馬鈴薯〉

■吳添楷

　　小孩被媽媽的叨語，切成一段段薯條。他還沒發現，沙發逐漸變成拉長，長為久未使用的炸物籃。

　　掉進炸物籃的小孩，抱怨日子太速食，撕下的日曆被揉成薯泥，以為只要躺著，就能開一家麥當勞，販賣手中金黃色的懶。

　　結算營業額，收入比包裝上的赤字更鮮紅。

## 【佳作】〈蜜蜜甜心派〉

■吳添楷

　　今晚，媽媽汲取夜的汁液，混合自己的乳香，烘焙了一方派，高溫隨著她轉過的手，慢慢冷卻為一只手套。

　　為了期中考讀書的兒子，算著眼前的文字有幾分熟，幾近闔上的雙眼，提醒眼皮：「窗外的月光，照亮書房。」

　　媽媽遞上的一方派，有食譜上找不到的任何配方。「是什麼？」兒子好奇地問。

　　或許，我想命名為「秘密」，能讓你口中咬下的愛，更清脆、可口。

# 【佳作】〈跳高〉

■李嘉華

　　操場上，四名少年正努力背叛地心引力。缺腳的教練說：「別用力，用力使肌肉緊繃，就跳不高了。必須忘了自己有身體，不被質量滯塞，把自己交給更大的事物。」

　　下課後，少年甲覺得課程太虛妄，忖度著停課退費，走著走著成了瓜殼；少年乙腿力道勁，跳過圍欄成了蹴鞠；少年丙拋下肌肉，丟下頑固，躍上雲的花邊，成了紙鳶；少年丁完全不動，其實跳得最高，神思跳過時間與空間，在那裡與教練相遇，再往上跳——成了不知名而厚重的星球。

# 【佳作】〈拼圖〉

■李嘉華

　　女兒在地上玩拼圖，拼湊看不出輪廓的色塊，忽然說：「媽媽！拼圖少了好幾塊！」

　　我低頭未見任何拼圖，女兒雖不哭鬧，淚已在眼眶漲大；我翻遍所有家具底下，女兒乖巧無語，淚已在眼眶加重。

　　不能讓那滴淚落地炸開！在倒數前必須設法防爆！這時，我發現自己身體的皺褶內，竟有五顏六色的拼圖，連忙拆給了女兒。她收淚拼湊，完成一幅人體圖。

　　女兒穿上身體，我才憶起自己的拼圖從何而來，體內骨肉鬆脫的細微回音，彷彿拼圖剝落的聲響。

# 【佳作】〈生火〉

■李嘉華

　　是誰生的火？

　　火光將夜刷熱，如貓嚎般隳壞睡眠。她奔竄，火欄已囚禁樓層，豪宅無法建造活路；她關門，火舌以纏綿的吻，鬆開理智的防擋。

　　躲進情慾之浴室是錯誤觀念，但選項所剩無幾。她搗起拭淚的毛巾，淚卻蒸騰為狂笑，灼傷她的口鼻。她將自己鎖進櫃子，鎖進抽屜，鎖進存摺和日記裡，終於不見火光。而黑煙，滲透意識的罅隙，射穿她的心肺，無赦⋯⋯

　　驚醒。她察覺只是夢魘，如釋重負，卻不知火日日生成，夜夜滲透，更不知──

　　是誰生的火？

## 【佳作】〈查無此人〉：之一〈空間〉

■曾國評‧新加坡

　　他住這本書，她住另一本，風吹的時候他們會說話。他們各自有不同的歸宿，一張明信片，一幀舊時的合照，或者一本日記。他們有的年輕，有的老了，有的快樂，有的憂鬱，都有自己的故事。

　　他從一本書遷移到另一本書，帶着他的狗，他的笑聲，有時什麼也不帶。住在他處的人也這樣遷移，從一個故事到另一個，從一個時空到另一個，從一顆心到另一顆。

　　我也一樣，雖然有時被排除在外。並且經常感到寂寞。

# 【佳作】〈查無此人〉：之二〈書蟲〉

■曾國評‧新加坡

今天閒著就到書架上拿起一本久違的書。拍拍上面沉積的灰塵，聽見裡頭低沉的說話聲。

尋聲找到某頁，看見一隻肥胖的蟲子，正在飽吃一頓午餐，一面說：「好吃，好吃。」看到我，它竟逃走得有點慵懶。我看它蠕動身體逃逸的模樣，驕傲，自滿，顢頇；真有點像我。

那一頁滿滿的字被蟲啃出好多的洞，成了許許多多的分行。我讀著成了一首首的詩。

我啃著啃著，日以繼夜，在字裡行間，化成一隻逃世隱居的蟲，覺得書的味道鮮美。

## 【佳作】〈查無此人〉：之三〈傘〉

■ 曾國評・新加坡


　　老先生帶了一把舊傘來到店裡。他把它靠在牆角，讓它的淚水沿著臉頰流了一地。

　　它已經老了，說話困難咬字不清，我只捕捉到一些生命、愛和旅程。老先生離開時對我微微一笑。門開啟，外頭還在下雨。我看著那一灘水，看見它的身影還蹲在牆角。

　　我知道它帶他去那裡。有一天我也會去。

## 【佳作】〈致　日星鑄字行〉
### ──那些被捨棄的字並非自願的

■黃承達

　　不同的字體、幾萬顆銅模，一行行的在架上排列齊整。

　　倉頡伸出指揮棒點了點，銅模們便跳水般的跳下來，排好了隊伍，一字一字的，為你而來。

　　一些字則太頻繁，每消磨一次就破掉一些。在生活幾千幾萬次的反覆之下，漸次破碎不堪，甚至無字可用了。

　　一些字太矜持，我不敢隨意用的，比方說「愛」、比方「承諾」。也因此，你終於對我無字可說。

　　後來，我多想重新鑄字啊，可是才發現，那些想說的，始終抱在懷裡。

## 【佳作】〈觸碰〉

■黃承達


　　小丑魚遇上了海葵的那刻，也遇上了攤軟的包覆，也攝氏38度的熱。

　　當你的指尖，刮過毛孔的縫隙——你是皺紋，是比粗糙還樹皮一點的時間。

　　當你的指腹，摩娑耳墜一般的懸著的我——你是罅隙，比沉默還鋒利一點的，是溫柔。

　　交會是一時的，剩下是無盡的分開。你說：「孤獨症候群」的時候是氣音，在頸部吹氣，如蕭邦的夜曲。

　　小丑魚終於不是小丑，而海葵的懷抱，有斑斕的刺。痛，往往是美麗的毒，劑量剛巧成癮。

# 【佳作】〈看〉

■黃承達

　　光原來是由pm2.5的溫柔調著海洋的藍與寂寞的黃交織的清晨聲線於薄霧春天的六點十七分長步地躍過青紫的天空然後越過一層又一層玻璃紙的膜突然崩落的大批大批土石。

　　涮的一聲，原是把一大片一大片的葉子，當作篩子，濾掉雜質，剩下金色晶粉被篩成水滴，颯颯的響著。

　　後來才知道，其實不是太陽，是從你雪花紛飛的眼睛裡，越過來。

　　穿上我。

## 【佳作】〈古剎〉

■ 簡美玲

　　春雨之後，這座山坐臥煙嵐。

　　新禪寺復刻金光，甘露瓶繁花似錦的春日，一隻貓穿入眾聲梵唄，僧侶逐趕，牠輕躡經文的春秋，踩過老山門昨夜流淌的水河。

　　雲板還鐫刻淺淺青天，晨鼓暮鐘混沌永夜，檐簷下的垂花淺吟低唱一朵蓮的身世，枯藤張牙舞爪狂草失去章法的危樓，風的小徑穿上天女的羅裙，這散花，可是百年前落櫻的舍利？

　　聽！聖號迴帶，那隻更年期的貓，用半柱香光景仰望駝黃蓮座，佛陀的眼眶無波。

　　只有燕子年年飛來，不知雲深。

# 【佳作】〈逐路〉

■ 簡美玲

　　我和一隻馴鹿奔跑，牠的犄角分歧了道路。

　　回頭，童年的牧草刺痛足踝，鄉愁龜裂了，罌粟的愛情催眠惡果，海市蜃樓消失了，清晨發亮的撒哈拉，也暗自乾渴死亡之海。

　　我和馴鹿博一場弈，生淵死谷間。

　　牠打開殺戮者彈孔，試圖在遷移的荒原鑽出新角，我縱切橫剖生的本末，轉身向死裡去，我們的影子跌跌撞撞，有時我覆蓋牠，有時牠籠罩我。

　　墜落升起升起墜落生生死死死死生生。

　　明天醒來，又是曠野。

## 【佳作】〈獨目人〉

■ 簡美玲

　　高牆把天空隱蔽，他蹲在一個小孔前，半隻眼睛開滿火焰，為了印證那是花，他焚燒窮困的血色，開一朵玫瑰。

　　他窺探圍柵上脫落的螺絲釘洞，一隻眼睛闖進綠色隧道，為了佐證那是樹，他啃噬嫩葉，變形一隻毛毛蟲。

　　不曾懷疑實實虛虛的縫隙，假象的屋子框架山巔水湄的款式，以致格局失焦，山窮水也盡。

　　翻越山海的經緯，多年以後，他的眼瞼和黃昏擦槍走火，緩緩流出一滴淚，當他再次探看，瞳孔裡，那是曾經遺落的眼睛。

# 2020年第六屆臺灣詩學詩創作獎：
# 散文詩獎

（按發表順序）

（相片提供：邱逸華）

## 【首獎】〈淡出〉

### ■ 李佩琳

　　從公車玻璃窗的倒映，她看到酷似自己的女人，日漸變成灰色。頭髮、眼睛、肩膀、手腳，一點一點，遁入暗灰的套裝。

　　風吹動衣角，露出左胸口淡淡的粉紅結痂，提醒自己沾染色彩的美好與危險。面無表情地，她輕輕遮住疤痕，覆蓋所有冒出的念頭，不痛不癢，是最高境界。

　　下雨了，一場混濁讓她覺得放心，撐開灰色的傘，站在灰色的街頭，她和這座冰涼的城，沒有一點違和感。

　　隱沒在被調暗的人生舞臺，已忘卻了打燈的意義，陽光再度想起這城時，那滴就要乾涸的淚漬，是她唯一存在過的證據。

# 【首獎】〈別意〉

■李佩琳

　　他站在那條巷子口，一直猶豫要不要走進，影子被他用力踩住，拉扯得很長很長。

　　巷內的某個窗口，被燭光燙出了一枚纖小的剪影，單影在他的眼眶裡成了一對，不小心眨了一下，它們就飛走了，只剩下臉頰細紋間的潺潺聲。他將自己的失態，歸罪於午夜時分過於耀眼的月光。（腳下影子對此藉口翻了一個白眼。）

　　剪影始終沒有離開窗口，一晚比一晚單薄。巷弄的風敲打著磚牆，也敲打著他空洞的眼眶。月亮終於放棄為慘澹的定格打光，催促著離去。

　　他抬起腳，轉身，留下了自己的影子，以後的夜晚，總要有人為她取暖。

# 【首獎】〈臣服〉

■ 李佩琳

　　男子跪在滿園雜草前，不知從何拔起。

　　先前悉心種下的玫瑰，已經一片瓣朵不剩。鬼針草（註）肆意漫延，開著無辜的小白花，卻任刺毛種子狡猾地附著在他的褲腳，袖口，帽緣，頭髮，最後終於刺中了他的意識。

　　「什麼時候讓自己的心荒蕪至此，回不到最初？」

　　男子脫盡衣帽褲鞋，赤身匍匐，直到自己也被淹沒在雜草堆中。許久，一隻蚱蜢輕輕躍上葉片，一切就此停頓。

　　當他將自己拔除之後，真正的平靜才來臨了。

註：鬼針草也叫咸豐草，開白花，果實上有逆刺冠毛，黏到身上不容
　　易拍掉，有強大的繁殖力。

# 【優等獎】〈作品〉

■ 林瑞麟

　「事後現場混亂，陽光在炙熱中腐敗，空氣中沾黏著相覷的耳語，攤在那裡的有紙張、眼鏡、鑰匙等散落物，還有一些情緒的殘骸。……目擊者A表示：應是失足。目擊者B表示：應是失落。不具名鑑識人員則稱：當事人疑似失語云云。……後來在5公里外公路邊坡拾獲一具狀似飛機黑盒子的箱體，發出頻率微弱的訊號……」不過那都是從街坊鄰里間聽來的，不能作數。

　都那麼多年了，這年冬天的冷風才送來語意不明的訊息，那些字裡行間的故事才又從扉頁裡走了出來。

# 【優等獎】〈作者〉

■ 林瑞麟

　　是啊，都那麼多年了，陽臺的那株桂花老到失去開花的意志。

　　「他的走筆節制、亮淨，對於形色光景的表現深刻，因此畫面是靈動的。但是他的情意幽渺，或說神秘，隱隱痛著，意圖誘人深入咀嚼，卻又讓人想逃離，無法不為之入迷。」他說完這段引言之後停了下來，把時間留給我，而我一句話也說不出來，據說我的眼淚大且透明，倒映著出席者的渴望。

　　那場發表會的細節我已經忘了，但畫面雋永，我想我是感動的，他那麼真誠，一字一句都開出花的芬芳，可是他說的似乎與我無涉，我完全聽不懂他在說什麼。

　　我是如何完成書寫的，他若不提起，我也不會去想。

## 【優等獎】〈讀者〉

■林瑞麟

　　審判前七天，我遇見他。

　　他排在我前面，為了打發等待的時間，他和我攀談。

　　可能是因為審判過於冗長，有關單位容許涉案確定的人聚集、聊天或者派對‧反正犯人都是死人，也無處可逃。

　　這些死了的犯人都是讀書人。

　　他端著琴湯尼把我拉到一旁，述說著他對文學的熱愛，然後談歐洲的文藝復興、新古典主義、浪漫主義、存在主義、現代與後現代。「我很喜歡你的作品。」他說。「真的嗎？」是酒精作或者他的話作祟，我忽然微微醺著。

　　七天後的宣判，他因為欺騙而被判割舌之刑，我也是，但我被挖空了心思。

# 【佳作】〈守護者〉

■招曉華·馬來西亞

　　或許他忘了，黑暗是他生命中最溫柔的守護者。

　　甫一出世見著光，他就慌張懼怕得哭了。但黑暗總以沉穩的身影，在每一個閉目眨眼之間，靜默不語地守護。

　　只是，後來他習慣了陽光，習慣了霓虹，忘了黑暗。

　　雖然每個夜晚，總莫名地勾起他的思念，一旦累了，他就不由自主地挨向黑暗，安穩地睡入親切的臂膀裡，與黑暗融為一體。

　　但終其一生，他卻一直以為光才是他的歸宿。

# 【佳作】〈紅磚牆〉

■招曉華·馬來西亞

　　屋外破舊的紅磚牆，佈滿了深刻裂痕。陰暗的角落，覆蓋著一片綠茸茸的青苔。

　　我輕輕地，撫摸著它的憂鬱與殘陋，突然我深感悲傷，發覺它竟是我那曾在荒遠的歲月，年少過的心。

## 【佳作】〈愧〉

■ 招曉華・馬來西亞

　　圖書館外，我與樹梢的松鼠聊天，談談人類的驕傲。

　　我的瞳孔盛滿了自豪，說：看，這個以鋼骨撐起整片蒼穹的城市，可隨意顛倒日夜與遞換季節，我們曾在月亮留下一個殺死愚昧的腳印，創造浩瀚的宇宙在小小的手掌裡，人類值得被歌頌成永恆的詩篇，萬物該虔誠地跪拜，我們是賜予意義的神！

　　牠的眼眶有哀痛在翻滾，道：瞧，鵜鶘披上了一身黑色油漬的喪服，折翼的鯊魚躺成海底的悲傷，人猿在光禿的沙地，以廢鐵抵禦暴陽的怒擊，北極熊看著白色的故鄉崩塌遠去，人類以不朽的垃圾侵蝕每寸棲息的安寧，萬物是靜默地垂淚，你們是帶來死亡的魔！

　　我的臉，像被一張沾滿血跡的罪狀緊緊地包裹。

　　窒息。

　　羞愧。

　　無語。

## 【佳作】〈發光的筷子〉

■林瑞和・馬來西亞

　　關上房門的瞬間，一顆心墜回大地，傷感自他麻木的臉上浮現，那是顆孤獨的星球。

　　打開電視進入「神奇世界」頻道，今天的主角是筷子。真神奇，一支筷子在配偶遺失後，頭上竟然開始發光，引起眾人圍觀。有人說，趕快一起呵氣護著它，以免它自燃。有人建議添多一支筷子，就能把光減半，才有機會把光撐熄。七嘴八舌的人群旁，一支筷子環抱著自己。

　　世界就像一頭夜裡出巡的野獸而它是隻發光的獵物。慌亂的筷子擦著眼淚，其實它也不想引人關注，只想卑微地躲在陰暗角落，回顧從腦海夾出的甜蜜，哪知一個人汲取回憶的方式是以火把叉起易燃物。

　　感覺頭頂發熱，他急忙沖向洗手間查看，只見鏡子裡有一頭發亮的光，並有兩條思念的河從黯淡的洞孔徐徐流出。

# 【佳作】〈小巴上的乘客〉

■ 林瑞和‧馬來西亞

　　影子拖著闌珊的腳步往小巴停靠的地方行進，寒風沿著額頭，途徑褶皺的風霜，一路滑向頂著歲月的下巴，然後隨著呼出的生氣消失。

　　踏入小巴，前幾排都坐滿了人，唯有第七排的位空著。巴士啟動，沿途趕路的風模糊了時間，隱約之間聽見一些話語。第一排的手哆嗦，抽泣的掌心深藏著教鞭遺下的條紋。第二排小伙子的臉上掛著兩盞燈，一盞照著夜校的校徽，一盞是母親點亮路口的燈。第三、四和五排湊在一塊，談談如何在職場從一隻小魚轉身成一隻大鱷。前一排的乘客垂眉不語，左胸新開通的捷徑除了疏通生命的淤堵，也直達頭頂打開天窗，清空物慾。

　　迎面一陣光照進車廂，他突然淚流滿面。啊！前排一張張臉都是他人生的剪影，扭頭往後看，卻是一片虛無。

# 【佳作】〈心靈導師〉

■林瑞和・馬來西亞

　　她在池裡仰泳遇上飛鳥，車廂靜默如樹時看見海豚，然後躺在床上差點溺斃在書海裡。於是她找了他。

　　第一次見面，他洗淨雙手，教她把心拎出、抹淨、昇華，然後置於最純潔的地方，例如嬰孩的吻。

　　第二次見面，他掏出她的靈魂，綁上一粒氣球，然後要她剪斷繩索，放飛靈魂，讓它自由，更靠近天堂。

　　但他不懂。

　　那只是顆不安的心漂浮於人間，渴求有一點重心，可以陪她一起觸地。

## 【佳作】〈政治的散文詩可能嗎？〉

■ Qorqios

　　如題。可能嗎？論說文與詩的調性不合，但談政治的人往往不理性，只是抒發其猛熾的情感。那麼，將激昂感情、夸夸其談著於文字，即可成為現代詩嗎？在政治詩的視野容得下散文體、在散文詩的聖域容得下政治論嗎？不會抵消嗎？到底誰能調和政治散文詩之鼎鼐，熬它一鍋光明與黑闇、辛辣與尖酸、口水與盾、劍與豆腐……

　　在完成一首政治的散文詩之前，作者或已將桌面錘破。

# 【佳作】〈憎怨的散文詩可能嗎？〉

■ Qorqios

　　如題。難如登天。宇宙偏遠的銀河系邊界中的太陽系第三行星的浮島上無足輕重的一個人類，他在一年三百六十五天中最討厭的四個日子——儘管對宇宙毫無必要，我們還是聽聽看吧——生日、過年、端午、中秋。他總是想：如果運氣好些，生日或許會疊上三節之一。很遺憾，此生絕望地不可能。至今七十億年裡，地球一直守分地繞太陽公轉著，不為誰存亡。他無足一斤重的憎怨懸蕩在大氣層緣，或多或少，或快或慢，每天微微逸脫藍星重力場而去。

# 【佳作】〈蘿莉控散文詩可能嗎？〉

■ Qorqios

　　如題。該做的事只有一件，你必須對抗蘿莉控祖師老爺的魔法咒語：「蘿莉塔，我生命之光、我腹下之火。買辛、買瘦。Lo、lee、ta……」你不可能逃離這始源魔咒的抑揚旋律。它完美、強大、覆蓋永恆時空，是以蘿莉控散文詩難上加難。試著吟出：伊、莉、亞，以齊齒扁脣送氣三次，讓欲望在口腔摩擦迸發；她是我的魔法少女，我無血緣的姊妹。還有美遊——mi-yu、mi-yu、mi-yu，齊齒撮口、齊齒撮口、齊齒撮口。念起我另一個不存在的妹妹的名字，兩行血淚無語迸流。

　　教堂裡傳出聖歌天籟，淨化我的哀傷。對抗舉棍的警隊，我的豎笛準備好了。

# 【佳作】〈遺憾練習〉

■邱逸華

　　有些花寧願自己是草，不必應付糾纏的蜂蝶，病殀於陰鬱的季節；有些人寧可用身體去活，要不要，熱或冷，洞開或緊鎖，俐落暢快。

　　花是他自己的性器官，為了生殖長成輕薄鮮豔。愛情也輕薄鮮豔地演化為性器官，起初迂迴婉轉，最後一路膨脹朝向出生或死亡。微渺如花，卻又巨大張揚地炫耀性器。愛情習慣以這樣的方式睥睨輕蔑衪的人，彷彿這是一種逆向催生的形式，如不然，就在死之前去勢。

　　於是我折斷假根離開那座妖豔花園，乾乾淨淨將自己插入玻璃瓶。在你準備愛我的時候，毫不掙扎地凋謝。

## 【佳作】〈死透以後〉

■ 邱逸華

　　有比目睹自己的肉體被蛆蟲啃食更駭人的事嗎？那些夜裡，她重複導演這樣的夢——肌肉纖維因著隱微的訕笑而斷裂，青春流出屍水……

　　懂事以來，她就被尊貴地豢養——喝下月色，讓身體變得柔軟；在眼底蓄一條銀河，閃著剝剝星光。然而沒有一種豢養能對抗自由，比起夜幕，她更嚮往陽光。日漸浮腫的懊喪終於撐破淺薄的皮膚——她看見還在跳動的心臟。

　　蛆蟲在破口間蠕動，汲吮甜膩的腐肉。她不由得想起前半生曾是他們心底帶著汙點的秘密。這些秘密能藉著傷口被攫食乾淨嗎？咬嚙自己的骨血為何驚悚得令人心安？天就要亮了，破曉的巨響會驅走破蛹的飛蠅。她要曬乾夢漬，袒著瘡孔，向明天的太陽投誠。

## 【佳作】〈幸福的預設〉

■邱逸華

　　我們牽手，穿越嚴冬熱浪。旗海中，每艘小船都吶喊，隨風向與暗潮擺盪；船燈探照赤子與孤老，他們等在彼岸，衣裾被濺濕。

　　廣場上有臨時懸掛的巨大頭像，高抬類似的手腕，引雷同標語；教室裡的獨生子女，做著照樣造句練習。風冷，瑪麗亞攏起衣領，鎖住赤道的體味；輪椅上眼皮鬆垂的爺，記不起上次跨年的主題花火──終歸燦爛一場。短暫！像少年作過的春夢。

　　我們也曾是彼此的春夢。斗室的窗臺長出草菇，一顆卵在受精後，不停叩問何謂幸福──我總是吐。為了腹裡勇敢的寄生獸，我們無語，淚眼中靜靜擁抱，在雙人床上諦聽祂的心跳，一直到廣場的吶喊敲了門窗闖進來。無須起誓，也不必神的臺詞，我們牽手踏碎廣場上的雪花，慎重地去添購一張嬰兒床。

# 【佳作】〈殺器：秋水奪命箭〉

■右京

　　戴帽的過客們，視線掃描著箭靶的存在。是了，那動作遲緩的孩子，學不會戴帽子的正確角度，手指上上下下找不到家，是最誘人的箭靶。

　　過客們用眼神發箭：「你拖累了整條巷子！」箭含劇毒，磨刮著孩子的知覺。孩子在劇痛中帶著不解，不解戴帽子時為何會這麼痛。萬箭齊鳴，轟然如蝗，嚙咬意識。孩子腦內晃蕩：「我拖累了大家嗎？」「我拖累了。」「累了。」「累。」

　　不是每個孩子，都能用多數人的速率做事。戴不成帽子的孩子，被過客的眼神劃成地上的資源，手指在箭矢下頹然而墜，遺體飄散出雨季的霉味。

　　過客們呼喊：「這可憐的生命啊！」然後壓低帽沿，收起箭囊，走過巷口，嘗試邁近下一個箭靶。

# 【佳作】〈殺器：音速斬愛刀〉

■右京

　　釀愛多年，斬愛只有一瞬。

　　他和家人走在櫛比鱗次的水族箱間。供人觀賞的金魚搖曳著裙襬，小丑魚變換著隊形與伴侶。驟然，家人的舌頭發顫，以問句撬開了平靜：「兒子啊，老實說，你是不是喜歡……」後面的聲音如蚊蚋低迴，卻如鐵鍬暴烈。

　　他必須拆招，將罩門守好。壓下心中蠢動的魚群後，他凝音為刀，以四兩撥千斤之勢，脣齒穩定發聲：「怎麼可能？我都要娶老婆了，說不定過幾年就添丁了，怎麼會是──」

　　一刀退敵，刀氣四溢。周圍魚群彷彿受了波及，紛紛游去。

　　釀愛多年，斬愛只有一瞬。然而刀招反噬之內傷，畢生作痛。

## 【佳作】〈殺器：悠久碎骨鎚〉

■右京

　　大人物揮動著大鎚子，不停敲打著歷史的骨骸，如同磨碎咖啡豆般，粉碎眾多白色的骨質，過濾後加點鮮奶，完成一杯香醇的拿鐵。

　　大人物撥著汗水，正打算悠閒地啜飲成果。就在他放下鎚子，拿起杯子時，瞥見房屋的四個角落，又生長新的骨骸。

　　「這可不成。」對大人物來說，不經允許的復甦，是一種叛變。他繼續揮鎚碎骨，虎虎生風，如擊鼓的節奏，譜成一曲莊嚴的歌，想以短暫的臂力，建立悠久的秩序。但骨骸吸收古老的地氣，從土中不停竄出，碎不勝碎。

　　「這些歲月的渣滓，何時才肯被磨碎殆盡啊……」大人物腰痠背痛，忙於碎骨，碎古。明明只有鎚子落下的圓面積，卻以為能涵蓋太陽系。

# 2022年第七屆臺灣詩學詩創作獎：
# 散文詩獎

（按發表順序）

（相片提供：李佩琳）

## 【首獎】〈唱歌的小女孩〉

■馬明傑・馬來西亞

　　你在防空洞裡唱歌，唱一首衣衫襤褸的歌。熟悉的旋律夾帶陌生的語言，你的歌聲穿透心靈，猶如灰暗炮彈穿透窗口的彩色玻璃。

　　窗外路過的坦克面無表情，揚起一片灰，覆蓋黑白分明的鋼琴。

　　母親帶你跑過街道，紅色交通燈已阻停不了驚慌逃竄的尖叫。你默默記下唱歌應有的溫柔。

　　所以你在防空洞裡唱歌。你沒有揮動翅膀和超音速戰鬥機飆高音，你沒有迷失在戰靴操步的節拍。你僅用稚嫩的歌聲埋葬大人的權欲。你用歌聲在黑暗裡點燃黑暗，如搖曳的燈火，你是昏暗世界中最閃耀的燭光。雖然羞澀顫抖，依舊是離散的溫暖。

　　你在防空洞裡唱歌。世界安靜地聽你唱歌。

## 【首獎】〈潛水〉

■馬明傑・馬來西亞

　　他在網絡裡潛水，大口大口吸取氧氣。只要潛得夠深，不會有人注意到是誰放了一個骯髒的氣泡。他習慣塗鴉後就快速踢動蛙鞋，悄悄逃離現場，只留下幾組難以追蹤的水紋。

　　他帶著厚厚的面鏡，覆蓋了口和鼻。在水裡無法說話，只剩自圓其說的手語。他透過塗滿顏色的鏡面望出去，這個世界是灰暗的，在陽光照射不到的深水裡，一切似乎沉浸在虛無中。遠處的光折射而來，視線是扭曲的，放大了不滿與自卑。

　　四周提高的水壓給耳朵帶來沉重的壓力，他不斷敲打鍵盤，嘗試平衡耳壓，但不成功。耳膜開始疼痛，他憋了好多怨氣，怒氣在肺部裡膨脹，隨時有減壓病的風險。

　　他隨著水流沉浮，迷失了方向與體溫。潛得越深越不願浮出水面。他想在水中睡去，他在生活裡潛水。

# 【首獎】〈熱帶樹林〉

■馬明傑・馬來西亞

　　我忘了如何開口，唱一首嚴肅的歌曲，就像老邁的油棕樹只顧眺望而遺忘了結果。傷痕累累的橡膠樹開始哭泣，哀悼膠汁逝去的純白。我在樹林裡循著泥路，尋找潮濕的出口。

　　偶爾吹過的熱風會驚起樹葉的躁動。同一片樹林裡每只猴子說著不同顏色的語言。雖然爭吵是香蕉皮避不開的黑點，但團結的果肉通常無毒。只要沒人點火，枯葉便不會燃起。

　　熱帶的天氣善變，突然就下雨，夾帶宗教的水滴。我狼狽地在榴蓮樹下躲雨，種族主義的狂風卻冷得我直哆嗦。

　　風雨總是會停的吧？也許只有掉落的榴蓮知道答案。紛亂的雜草中會開出陽光的木槿花，彩蝶飛離霸權才能歌唱。前方有只忘了歌詞的馬來亞虎，在熟悉的旋律中探索陌生的迷霧。

　　我決定踩在潮濕的泥土，光著腳走去。

# 【優等獎】〈檢查結果〉

■ 李文靜‧香港

　　躺在單人床上，她的腹部隆起如一座柔軟的山丘。此刻沒有人知道裡面收藏著什麼。

　　護士取出凝膠，均勻地覆蓋坡面，一些寒毛細微地挺立，晶瑩如沾染露珠的新草，但一陣冰涼讓她忍不住朝自己的子宮萎縮。圓滑的儀器在上方遊走，螢幕投射出一個洞窟，深深淺淺的黑。越往下走，越是漆黑，但那裡頭其實什麼也沒有。

　　「若有更深的陰影，即是異物。」經驗豐富的醫生這樣告訴她，「目前看來，一切正常。」她笑著謝謝醫生，忘記當自己向子宮萎縮時，那些螺絲釘，髒碗盤，塵埃，廚餘，過期食品，沙發縫裡的污垢，小孩吐出的腥臭牛奶，如何混雜成一團深深淺淺的黑暗。

## 【優等獎】〈歸途〉

■ 李文靜・香港

　　我走長長的路回家，看好久不見的城市。

　　人們剩下半張臉孔，節省語言，學會用眼睛交談。公園安靜，斑鳩用尖喙撥正春日時鐘。宮粉羊蹄甲在草叢漫步，走過的路都燦爛地盛放。幾個跑步的人露出完整的臉孔，呼吸與流汗，生命正踏實地運作。遠處的吊臂機堆土機也從未停止，鷹架和城市默默長高。

　　城市總是這樣驕傲，要人仰望。我們卻常在騎樓下生活。

　　婦人的推車掛滿批發成衣，從孩童到大人，大半生就這樣薄薄地掛在邊沿。隔壁地攤販賣醬菜，玻璃瓶裡的醃漬物若得到舒展，也會是一張年輕的臉孔。她們在城市狹小的角落競爭，偶爾也分食同一盒點心。

　　回家前，我買了件純白的貼身背心以及一瓶酸菜，繼續踏上歸途。

# 【優等獎】〈寫詩和沒有寫詩的一天〉

■李文靜・香港

寫詩的一天：

　　早上起床，束起窗簾的厚髮。陽光在夜裡偷偷累積，還沒推開窗戶，就湧到身上，金黃色的濕了一片。午餐是一人份的煎魚柳，端上石紋桌面的時候，陽光正好，於是午餐變成了煎魚柳佐秋日蛋黃醬。偶爾抬頭望向窗外，藍天是一片清澈的荒原，豐盛的雨水已收割在雲的深處。種滿飛鳥的季節不知是還沒到來，或者已經過去。今日，因為發現了隱匿在尋常生活裡的幾句詩，而成為不錯的一天。

　　沒有寫詩的一天：

　　早上起床，拉開窗簾，陽光照進房間。午餐是一人份的煎魚柳，端上石紋桌面的時候，陽光正好。偶爾抬頭望向窗外，天空透著清澈的藍，沒有飛鳥也沒有落雨的季節。今日，是不錯的一天。

# 【佳作】〈世界的裂痕〉

■招曉華・馬來西亞

　　每樣事物，一旦躍入眼眸時，都會被他扭曲成冰冷的數字，然後推算下一步的行動：燦爛的笑容，抑或淡漠的臉龐。

　　算計中的生活，總讓他覺得，季節都應繞著自己而運轉，果實也該為了自己而成熟。

　　但那天清晨，在寂靜無人的後院裡，當他看見那隻受傷松鼠的瞬間，神秘的事情發生了。他異常小心地，捧起了那正在抽搐的溫熱軀體，只感覺自己的呼吸，與掌中的心跳，似乎並無法清楚劃分界線，松鼠的痛楚，不斷牽動著他的經脈。

　　在界線散解的那一刻，所有的數字，與世界的裂痕，也隨之消失了。

　　那天，他彷彿第一次完整地感受到，他就是陽光、風，和生命。

# 【佳作】〈沒有影子的人〉

■招曉華‧馬來西亞

　　許多年了，他不時走訪世界各地，求獲並嘗試各種方法，但都無法切割自己的影子。

　　自從聽聞智者是沒有影子的人，他就想盡辦法消滅自己的影子，包括長期閉關在漆闇的房間裡，偷取一絲安慰。

　　這個渴求，終於讓他病篤瀕死，心裡卻是千百般的不甘，努力多年，竟不曾有片刻光景，可以逃離緊緊羈鎖的影子。

　　或許，也只得認命了。

　　就在他快咽下最後一口氣的時候，眼前突然出現了一道光，融化了整個宇宙，當下心中澄明一片，終於在那一瞬間，他從影子的鐐銬解脫開來。

　　原來整個世界都是影子，盡都只是影子。

## 【佳作】〈流動的字〉

■招曉華‧馬來西亞

　　圖書館裡，收藏了一冊薄薄的老舊書籍，通常不需一個下午，就能將它讀完，但曾經略為討論其內容的讀者，卻對彼此的見解，爭執不休，常不歡而散。導致圖書館裡一些資歷較深的管理員，均視它為不祥之書。

　　今天剛走進來的那位年輕人，每個月底都會前來閱讀那本不外借的書，他已經連續三年這麼做了，管理員忍不住問他說道：「那麼薄的一本書，需要讀那麼久嗎？」

　　那年輕人靦腆地笑而不語，只有他發現，書籍內所有的字句，都懸浮在粗糙的紙上，會因讀者心思的轉變而流動、重組、切換。而他，每次前來，都能從書中，觸摸自己的靈魂。

# 【佳作】〈續航力〉

■廖雪玲

　　文字正在舉辦大隊接力。筆順扛起棒子向前，字根接踵繞圈。終點站設置在遠方，肉眼無法看見。

　　豆大汗珠流過紅臉粗脖，濕了項背。點燃想像八十趴的太陽，供電正常。字詞還在路上爭辯，字義沿途找尋位置，前方吵成一團，眼看後面的又快跟上。

　　一圈又一圈熱烈地來，一圈又一圈愁苦地離去，哀吟日月星辰，還要冷眼照見呼吸。字行逐漸緩和了步伐，腦內啡一直牽著腎上腺。

　　獎品則是一首詩歌的情意。

## 【佳作】〈Delete〉

■廖雪玲

卸責是我的專長。畢生負累終將被消滅！

生性不受拘束，雖浪蕩也不多情。從生活中經常一腳踢開的，談不上好壞；日子過得輕輕淺淺，一個人、一本書即可上路。

若遇上挽留，也不為難。天大地大，如露水般的情分或留在煙塵中，抑或隨風散逸。失根的悖理，經常遺棄腳下；投射的權謀心計，不起妄念，也就不入心了。

經過在日常裡致力於思維減重，我的旅途愈顯清瘦，步伐更加輕盈。

# 【佳作】〈寒流〉

■廖雪玲

　　東北方興戰。轟炸機裝填冷鋒，戰線持續擴大、拉長……入夜，登岸的冷酷的腳步聲滅火，向大街小巷掃射，占領肌膚。

　　路燈張大眼睛戒備，刺探攻擊動線；行道樹忙亂手腳，葉與葉傳遞耳語，研擬防禦策略。

　　老人與小孩遁逃，羽絨提供遮蔽。牆角邊境有貓噤語，自駝峰抖出一圈圈漫漫長夜。

　　北方果真多事！戰鬥民族凜冽中裝填貪婪，以一波又一波冷酷槍擊鄰人項背。老人與小孩遁逃，霜雪凍傷想念。

# 【佳作】〈剪髮記〉

■ 謝美智

　　端詳鏡中的髮際線，那是一道歲月的防波堤，髮型師與我溝通要如何做造型，再如何額前也要保留一片雲海，這樣風兒吹來，我才能掌握它的坐向。

　　每一根毛髮都是獨立的個體戶，理髮師說他見識過那些頑強的釘子戶根植在光禿的漠土，喜好以半裸的姿態，跟迎面的風火較勁。

　　對抗自然捲，我能改變的只有心態，離子燙無法長期壓制它是直男的屬性，打薄冗長的光陰，削減生命的尺度，躍入髮旋，順著毛流洄泳，可以輕易上岸的唯有那個名字喚為月光的人。

　　應聲咔嚓落地的髮絲，我不願爭取它們的監護權，但切勿隨意棄置，它有陽光般耀眼的金銀色，我有很多不為人知的故事，潛藏在髮絲，讓鳥兒銜去編織巢穴，懸掛在樹上讓風雨來閱讀，一定很有獨特的風格。

# 【佳作】〈獸的身世〉

■ 謝美智

　　夢裡有一張網，總是捕捉不到我的影子，因為一落網，想受孕的太陽，總會即刻救援，吸出我的魂魄成為它的一部分。

　　幾縷天光射進眼簾，豎耳傾聽枕邊勻稱的呼吸聲，迅速穿上人皮，我是來自某個神密星球的幻獸，慣性在午夜時分現身，預防荷爾蒙失調，我常戴上手套，遮掩不受控的情緒而露出尖銳的爪子。

　　布滿敏銳的神經系統，翅膀是我最重要的利器，可惜昨天被菜刀誤當砧板，剁傷左手的食指，害我失去靈敏的嗅覺，接受夢族的召喚，遁入結界和交戰許久的蒙面獸對峙，結局依然是乘著光，各自負傷而逃。

　　和院子的薔薇同步甦醒，轉身目視伴侶精實的裸背呈現一條清晰且明亮的爪痕，瞬間化為皮鞭無情的抽打著心靈，因我發現它竟然擁有我獨特的指紋。

## 【佳作】〈先知〉

■謝美智

　　穿越風雲的羽毛，用占卜的方式，預知雲層將發生十級地震，紅火蟻以觸角互相交換天空傳來的情報。

　　大黃蜂部隊從草原遷徙到叢林中跟原生種的蜂群搶地盤，糞金龜捲起袖管，打算滾動地球支援友邦，行軍的刺蝟蜷縮自己偽裝成刺針飛彈。

　　海水會在沒有提防的午夜倒灌溫暖的家園，所有的洞窟都要奉獻出來，收到徵召令，集體往更深的地心挖掘避難所，蚯蚓的義舉攸關地靈的命運。

　　一棵橡樹即將要倒塌，傾聽地面的耳朵，偵測到板塊顫抖的震波，島嶼的天空可不能被撩撥的火舌吞噬，眾靈做例行祈禱時，杜鵑鳥忙著算計輸贏，縝密奪巢，螳螂打開瘦削臂膀力圖阻擋鍬形蟲戰車前進的滾輪，獨角仙則施展秘術，隱形輪廓，以孤雛眼角的錄像，素描一幅末劫浮世繪。

# 【佳作】〈車站紀事的第一封電子郵件〉

■鄭委晉

　　剪票口@屁孩剪票夾.com.車站。彎曲的肉擠入剪票口一枚人形卯釘緊緊拴住並機械擺動，人群永遠這樣那些臉翻刷一萬次還是乏味而屁孩看不慣他們蒼白掠過，手指彩成票樣伸向快速擺動卯丁再入票夾。喀擦，一萬人就多了話題與另一萬人分享。

　　大廳@新兵迷路.com.車站。除了家鄉廟會從沒這麼多人，幸運者如他第一次就遇見難以捉摸的事件，他看見不同人群左湧右濺不同車箱前後仆顛，立在原地無法眨眼無法驗明路線只能——前後左右右左左右稍息立正再向車站尖頂的國旗深深敬禮，企盼十二枚指針點出標準方位。而指針遺漏齒輪他身體遺漏重心，在喧鬧大街與高聳層樓的夾縫在肩膀與肩膀的夾縫，他徬徨如一根卯釘一痕齒輪一個分不清東西南北的悲笑話題。

## 【佳作】〈車站紀事的第二封電子郵件〉

■鄭委晉

　　月臺@白領軌道.com.車站。於是起了騷動，那事故太驚俗沒人意料能親眼目睹，啃八卦的上班族無法放棄機會抱著公事包縱身一躍，列車正要進站興奮的人群以為又有話題誕生，但他跨過軌道高旋四圈半於另一月臺優雅著地，輕蹬皮鞋睥睨，人群之中有語：這也是一個話題。

　　櫃檯@優等生回程票.com.車站。目睹這些景象他不得不認真思考，用他熟稔邏輯推演的頭腦分析剪票夾的力矩與咬合，分析越過軌道弧線的角度精算齒輪切割的力學。他不懂回程票為何要提早訂購就像許多人不懂一加一為何證明，那就不要證明他固執地駁斥只想爭論同售票機爭論那些非客觀的票價失真的吃角子老虎遊戲。

# 【佳作】〈車站紀事的第三封電子郵件〉

■鄭委晉

　　優等生沒注意，背後高大的士兵神色異常。（向左走）上班族西邊聚集，（向右走）人潮前進東區出口。沒人注意如海水般鹹濕相遇，藏有片片浪花黏膩且短暫的巧合。也許只有一次擦肩，而過去有什麼交集所有無謂窸窣細語，遺留空蕩蕩車站中，將褪色成毫不相干的陌生人陌生的背包。

　　列車即將進站，不願漂泊的車票揮別主人。揮著手的它只想依戀，安穩且純粹地依戀，這個它曾來，曾去曾來的空空月臺。

　　引擎仍運轉。載著被夾傷手指的小孩橫越軌道的上班族趕去報到的大頭兵混入人群冒著汗珠的優等生。

　　話題仍在延燒，有偷窺犯於第二月臺落網，但所有證物都不如某車票，某班次從窗口拋出，所有話題的真正解答，那張，沒有戳記尋覓終站的惶惶車票。

## 【佳作】〈浮游蔑視的眼〉

■鄭澤榆・馬來西亞


手指已習慣於晨間彈起，滑進滑出不同的洞穴。任由它們吸食視力，讓大小螢幕中的火光，曳得更旺盛。

目空，他彷彿上帝。

操弄遊戲小人，不停經歷生死。不需負責的命、可重來與抗爭的運，多麼上癮。行為被剪輯後重播，如治者所願：他沉迷──自行掘出虛浮的墓，再自行填補。

一切，進廣告。

文字化成飛蚊，鑽進靈魂吸血且嗡嗡洗腦。窗口浮現：「你是浮游，你是他眼裡的浮游。」他迅速刷著，刷掉了財富、自由和眼神，刷到整個人都虛線起來。

下層的生活，上層的娛樂。

那人的指尖，遊戲著文明。一枚時光機按鈕，壓下，人們就被炸回史前。

重啟。

以夜空的口吻、血絲的眼神，他下令：「我喜歡你們，眸子裡的腥光，但不準，仰望。」

# 【佳作】〈拐彎凶險的脊椎〉

■鄭澤楡・馬來西亞

坐，曾是件放鬆的事。

木椅、塑膠椅、辦公椅，皆拐過幾彎挫折。攤成各異的姿勢，我們開始背負各自的崎嶇。眼與頸長時間盯住金錢流向。資本是氧，夢想氣短。

以為夜裡能躺平，補充些棉花彈簧，背部卻浮起各種冷箭，以緊繃的神經為弦，射殺一隻隻白羊，餵養黑色峽谷。

誰不都嘴上說著正直，可誰不也從尾椎偷偷養起一條蛇。套不同的皮，扭分叉的舌，曲簡單的話，以防被捉到七寸。久浸權勢，終究軟化骨頭。我們的面貌被融進椅子，製成他們統一的墊背。

「站直。」醫生以X光照妖。我們被逼現出原形，卻如願得到S級評價，然後就被一隻手從最中間的位置，直直貫穿。

無數的「＄」，無數的「？」，正不斷掉落——新的大樓，舊的梯級。

# 【佳作】〈內捲成癮的痔〉

■鄭澤榆‧馬來西亞


　　久坐，忙碌於假裝忙碌。不停轉折的文件輸送帶末端，我是垃圾──分解者，渴望製造更多瑣碎的會議，空虛地精實自己，以完成咬尾蛇的報告。

　　吞下勝果，腸子總覺得缺乏成就感。分泌了委屈，令尾端開始積鬱。偷得一個隔間，我才敢放肆。嘆氣，換取氨味。至少那卷廁紙是血戰過的知己，至少這裡的四壁不會突然一口吞噬自己。

　　已經比蜂更瘋狂，卻始終擠不出一滴蜜。駝著夜色歸巢，窩，仍如此貼近。一同仰望月色，我們也要比誰先聞到一絲穿越而來的盛唐之甜。贏家，是被射入最多強光的眼睛。

　　又一個窒息的夜，我蜷縮在冰冷馬桶上，消化這荒謬的時代。再次被太堅硬的現實戳破，流出渴望自由的鮮血──連一顆痔，也頑固地宣誓著自身的存在。

印象・寫實

# 2020第一回散文詩競寫主題：動物

（按發表順序）

（徵稿製圖：李桂媚）

## 【優勝】〈鯤鵬〉

■邱逸華

　　你知道這個字有多少筆畫，卻抑制不了那些筆畫因你的心事生出多少詞；生詞長出的鱗片及羽毛，以多麼高傲的姿態，墜落在你的詩。

　　每一首詩原來都藏著貶謫的記憶。記憶裡你的執拗、自養的孤高、過分用力的語調，都註定溺水，必須折翼。

　　就讓你的詩輕如鴻毛；就讓我將它細細拾起，種在我的玉山之上。等那隻鯤鵬養好傷，振翅。抖落憂思，翻山橫江……橫掃燕子的巢，捲翻鯽魚的浪，用中空而帶刺的骨節飛過朝堂，以戴罪的前世，完成靈魂此生的壯遊。

　　——詠一首詩從海上來，摶風入雲，鳴聲逍遙。

# 【優勝】〈進化論〉

■語凡・新加坡

　　打領帶的北極熊匆匆去上班，坐地鐵趕火車，還要戴口罩。他看著窗的倒影，隔著口罩喝可樂的樣子，感覺太帥了，決定明天就去買名牌包包。火車經過醫院，聽新聞說最近感冒的熊比較多，再下去可能要居家隔離或者封城，如此就不能和朋友喝酒唱K，這種可怕的生活他要如何適應。

　　熊太太生火燒飯，她已經囤了足夠吃十年的食物和大五年便的衛生紙，她覺得這年頭活著真太不容易了。她一天要洗手一百多次，早晨因此變得很忙。她喊著寶寶快專心吃飯，別只泡妞看動漫。

　　北極進入夏天，熊寶寶手牽手下學，校車開過冰原，她看見地上散落的垃圾在風中追逐企鵝，樣子很是滑稽。

## 【優勝】〈遊行的蝶〉

■ 語凡・新加坡

　　窗外飛來一隻蝴蝶，翩翩起舞的樣子像是孤獨了很久找人傾訴的人。我看它一張一合輕盈妙姿，彷彿與我對談今晚的月色。

　　那是某人的嘴巴，脫離了人臉的束縛就成了現在這個樣子。同房的看我入神，就神秘兮兮地說。他的嘴裂開一條縫，彷彿也想離開它而去。"有一天他們不讓我說話的時候，我就讓它飛走，還它自由。"他觸摸自己一雙輕薄薄的嘴皮說。

　　有一天我又看見那蝴蝶，它與同伴們飛過窗口，竟有成千上萬隻，像春絮像雨絲，像落葉紛紛，像不絕的遊行隊伍。它們是哪裡來的嘴吧呀？

　　我正想找同房來看這壯觀景緻，卻看見他坐在牆角，戴著口罩，上面寫著：「禁言」兩字。

# 【優勝】〈捕夢之網〉

■漫漁

　　發黃的天花板角落，懸著一個世界，造物者意外的藝術品，無中生有地慢慢擴大，如某種意念。

　　所有的慾望和期盼，發射出銀色光芒，有序地織成陷阱，等待。被遺忘的角落難得有夢，每捕捉到一個，要細細包藏慢慢回味。毒液在掙扎的軀體塗抹著甘甜，原來，別人的地獄，可以是自己的天堂。

　　窗忽地打開，風雨拉扯透著微光的思緒，機會只有一次，是抱住半邊殘網，沈淪在腐甜的夢中；還是乘風而去，讓細弱的懸念將自己盪入未知的冒險？

　　蜘蛛遲疑了，這一刻牠分不清，自己是夢的狩獵者，還是犧牲品。

## 【優勝】〈我只是轉貼他的憂傷〉

■ 林瑞麟

　　我們才認識不久，我很樂意陪著他游走、翻閱、或者無所事事。

　　他去看醫生。他沒食慾，安靜，窩在角落，不知道怎麼了，看起來很憂傷。相處以來，他總是悶悶的，不開心。

　　我忽然被放在診療床上，醫生撐開我的嘴，用強光探入眼睛，然後在我身上東摸西摸，我竟失去抵抗的意志。從醫生的眼裡看見自己，我的瘡疤被掀開，流出濃稠的不堪。我掙扎，然後從床上翻了一圈，跳到地上，差點撞破玻璃，逃離診所。

　　他追出來，叫著：「焦糖、牛奶、果凍……，你在哪？寶貝……」他錯過我棲身的街角。我是孤獨的獸，從未被命名。

# 【優勝】〈伊莉莎白項圈〉

■邱逸華

　　摘除子宮的貓，戴著伊莉莎白頭套（註1）。牠頹喪又飢餓，眼裡彷彿有恨。她起身去開貓餐罐。餐桌上，一盒排卵針劑壓在小說翻開那一頁：「歐莉芙說女人會免育，嬰兒改在瓶子裡孵育……」（註2）。畫線的文句自書頁浮起，在耳邊發出喵喵怨聲。

　　失去職場以後，周旋在針管與驗孕棒之間，她讓肉體委頓，只剩神明廳的香火，不滅。一炷炷母性預言落灰，堆起滿爐軟軟的。殘念。讓人暈眩。她開始將房門上鎖，儘管鑰匙孔隨時能被插入——悲傷的人進來，頹喪出走。

　　餵飽無性貓，為牠戴回恥辱圈。她熟練地拿起針，在鼠蹊部推入200cc保妊液。「明天應該可以」。她盤算著，她要戴上他送的伊莉莎白項鍊，假裝自己也失去了子宮，卻能不再舔舐傷口。

註1、寵物保護脖套，多用於術後，防止寵物舔抓傷口。因造型類似伊莉莎白女王時期盛行的英式脖套而得名。
註2、引號內文句出自Ｄ‧Ｈ‧勞倫斯《查泰萊夫人的情人》。

## 【優勝】〈夜盲症〉

■無花

母親埋怨眼睛又飛出一隻螢火蟲。

老家的屋子長腳，跨過河口吞吐季節的水量。母親的童年睡在河床，舊日子夜晚總提早降臨床頭，村子小孩提燈點亮黑暗中竄出來的山路。它時而像蛇蠕動；時而似潋?月光躺在河蜿蜒的腰身。

母親愛坐斷黃昏的河岸，直到泛在水面的樹影孵出火點，螢光乍生還滅遁入林中。山神庇佑下，村民不會在月光的剪影中迷路。只是父親躺著的山頭，石碑上的照片從浮不出他的歸路，父親常抱怨等不到提燈的人，接他回家。

母親晚年的世界黑得幽邃，腳跟不願再沾河水泥濘，拒絕與山神、祖魂、精靈，其它看不見的生物玩捉迷藏。那一盞盞螢火無法照亮母親心中的盲點。半水棲的我、河口、墳頭與樹，只能在遠處凝視她偶爾泛光的眼睛。

# 【優勝】〈龜心〉

■澤榆

　　我曾將一隻龜放回大海，牠後來長成一座島。在我死後，仍馱著指紋前進，手指溫度與海水交合，環繞成洋流。

　　以不褪色的墨汁，在牠背上寫過。一個「愛」字，是溫柔的咒。已無法預知它後來的模樣。也許是機場；也許是熱帶雨林；也許是我的博物館。又或，所有地域早被劃分好，只是等著歲月的拉拔。

　　思念時，整座城市會很接近雲層。多雨，很多人事物就從邊緣掉落。尾巴總記得初岸的方向。嘴巴想咬碎太陽，嘗試將我與遠古一同吐出來。掙扎一陣，又回歸沉沒。太念舊，有時是一場浩劫。

　　我想牠忘了那盆火。只記得我如水眼神。也曾想過以牠占卜未來，但最終選擇了另一種，慢慢的裂開。其實牠只要縮得夠深，就能看見我的遺骸。但牠總是，太勇敢。

## 【優勝】〈針和蜜〉

■ 忍星

　　我不像人類一樣，針對別人的錯誤刺下去，也不管別人是否能夠坦然接受，虛心受教。

　　老是用格言、諺語、成語或大道理像刺繡一樣的刺，直到對方心裡產生濃情蜜意，才停止言語梭子的來回奔波。

　　我是針對自己的愚蠢刺下去。因為小小的動靜，我誤以為是天大的災難，白白犧牲了一根針。對方很可能會死亡，而我，也難逃一死。

　　世人稱許我的蜜是「老人的牛奶」，我感激這個別緻的「飛來一筆」。將我的甘甜寫進陽光、大地和花草繽紛裡。

# 【優勝】〈秘密〉

■簡玲

　　我們是天作之合的貝甲，獨一無二緊緊密合，聽海滋孕完美生息。

　　豐腴的春天被俘虜上岸，他用鹽水擬真鹹濕氣息，催吐我們內心交疊的泥沙，他用力敲擊此生未曾背棄的堅硬志節，以耳朵傾聽虛實的潮聲，把火燒紅，煮沸一座海洋。

　　「這顆蛤蜊是壞死的！」俘虜者大喊。橇開難言之隱，我們吐出一枚濁世腐臭的音汐，分化為兩片貝殼，在潮間帶漫長道別。

# 【佳作】〈我的寵物〉

■邱逸華

　　為了彌補失去的童年，我在以我為名的小行星豢養寵物：牠們心硬喙軟，一出生就缺少性器官。骨節中空卻不能高飛，便汲汲釀蜜為糧，將甜甜的糞堆起一座座丘山，就著丘山練習爬高跌落再爬高……

　　我遛著牠們穿越嘆息飄飛的四季，為了避免衝撞地球，牠們很快便向孤雌生殖演化。我這個藏身的小行星，天地幽冷，無反射性，因為只有隱形，才能確信不被編號。

　　也許我終究只能給牠們這樣的牧場──場上硬土磽薄，只容竄生的草搖擺；窪邊軟泥憂鬱，開出幾朵悲傷的花。我溺愛這顆行星上的寵物，因為牠們身上流著我的秘密，卻不吠叫，至死忠誠。

## 【佳作】〈狗〉

■李瘦馬

孩子在紙上畫了一面牆，牆上有兩圈黑黑的，我問：「那是什麼？」孩子說：「那是狗趴在外邊看著我們。」

我把眼睛湊上去，看見狗一溜煙跑走，跳進誰的懷抱？仔細看──是我逝去多年的父親呀，抱著狗坐在屋前水泥臺階，我則坐在一旁。

家，不是高樓，是鄉間低矮平房，屋頂覆以瓦片，下雨時可聽見：很有詩意的「簷滴」……

當我把眼睛收回，木然站著，孩子問我：「怎麼了」，我撫著孩子的臉：「透過牆上的洞，看見美麗的記憶──嗯，泡在淚水中的記憶，最美。」

# 【佳作】〈獸驚〉

■澤榆

　　老師成獸後，被某神秘部門帶走。黑板也被充公去做研究。同學陸續被收驚，只剩我還記得。被當成瘋子一陣子後，我學會忘記。那是我第一次明白：異類會被消滅，而且沒人會相信小學生。

　　我們成了很牛的班，校長親自用課本上的字餵飽我們，不時擠走想像力。他喝了，肚子日益鼓脹，有了更多賺錢創意。

　　畢業多年，同學都生產力驚人，在方格子裡做方方正正的事。對柵欄之外的事，只會「哞哞」。我打嗝時仍會跑出草味。我想我一直沒有吞下那堂課，為了等一個標準答案。

　　某日，我帶著女兒去動物園，想跟她解釋什麼是「獸」，卻遍尋不獲。直到瞥見某個熟悉身影，我大叫：「那就是獸！那就是獸！」牠衝出，將我吃掉。不知我女兒會不會記得。

# 【佳作】〈駝〉

■胡淑娟

　　駝冥思凝想，這一生想必是個謎漾的夢境，但誰又能真正給個解答。烈陽升起窯爐，烘烤著砂丘上的駝鈴，叮鈴噹啷地逐漸感到虛脫，極致的疲憊。

　　關於風和沙子，則是擦亮的刀戟。一陣撲殺眩暈之後，繁華錯位，斑駁白骨分離，滲透視覺的慣性，竟聆聽到曠野深處的沉吟。

　　轉身一道虹霓好似迤邐的傷痕，劃開了天際。而遠方暮靄妖冶疊染，早已濡濕了渾沌的蜃樓。負重的駝於是在微光中醒悟：生命所有的承載原來是慈悲；苦難殘缺才是靈魂溫柔的出口。

## 【佳作】〈蝴蝶〉

■李瘦馬


　　門也是關著的，窗也是關著的。而這一隻蝴蝶，是怎樣飛進來的？是怎麼款款飛進來的？是怎樣款款而又無聲無息飛進來的？

　　已經飛進屋子裡的那蝴蝶——腳腳是否沾著花粉呢？嘴角是否有蜜的垂涎呢？一身的花衣裳是跟那一朵花那一朵漂亮的小花借的呢？

　　蝴蝶就停在窗玻璃上，仔細瞧瞧，真是神奇：夢一般迷離的那眼睛，翅膀比葉上的日光還單薄，而伸長的前腳搓搓臉呀，搓搓這惺忪的早晨。

　　窗子關著的：窗子裡面就只是窗子裡面，窗子外面就只是窗子外面。而當我輕輕，不發出一點聲音的輕輕，打開了這窗子，呵！窗子裡面和窗子外面就連成一片，沒阻隔的連成一片，可以自由來去的連成一片。

# 【佳作】〈獨居的軟體動物〉

■語凡‧新加坡

　　親愛的叮叮，我不能行千里路，去舔你身上的甜味。連影子都禁足，只有追著風中的尾巴，在雨中音樂一個下午。

　　搖椅依舊每日，坐一個輕重不一的夕陽。雖然搖擺看似一切如常。報紙的新聞不新，但還帶著那個壞脾氣老人的訃告。據說，咳嗽是致命傷？都幾十年咳下來了，咳出一個你和我，咳出整個房子的迴聲，還有座鐘停擺的時光。

　　叮叮，聽說你去的天國不遠，老人的經上這麼相信。她卻偷偷在我耳邊呢喃，是老伴去的「鬼地方」。該是近如一張霧，衝出門外就散。

　　而我等待，他說的下輩子。做牆頭的羊齒植物，不再做她膝上捲成O型假裝不動，天生色盲只看見遠方的貓。

## 【佳作】〈送北極兄〉

■澤榆

夏天，於沙灘結識北極兄。他帶浮冰來衝浪，與眾不同。特製的白毛比基尼大受歡迎，請我吃了許多融冰淇淋。脫下毛衣，身材瘦得剛好，女孩子都爭著摸他燙紅胸肌。聞起來自然冷，混合紫外線味道。

他說這裡的島嶼很綠色，是近年更認識的顏色。水稍嫌太熱，燙到一些思念。有些擔心如汗滴下來，他又安慰自己讀過達爾文。特別有愛的他想把家鄉的冷風帶來這裡，那我們就不用再開空調。

看海浪把足跡和浮冰融化了，他有點慌張。我贈了他衝浪板，在夕陽下目送他的背影，帶著我們屏息良久後呼出的一長串二氧化碳，被夕陽淹沒。

願故鄉依舊認得他，不知明年會不會再見——我總開著空調想他。

# 【佳作】〈貓〉

■ 謝情

　　我將母親放在左心房；內人放在右心房；小女放在左心室；右心室較隱密，我藏了一隻貓。牠乖巧精靈，獨立聰明，但牠很有默契，隱匿的很好。

　　牠喜歡旅行，尤其東海岸，長濱情人沙灘到石梯坪；八仙洞到比西里岸；知本溫泉到多良車站。貓應該是怕水的，可是牠看到海如魚得水，我應該問問牠，比較喜歡魚還是海？我知道牠會說：喜歡你的影子，所以從來不問。

　　牠喜歡和我對話，彼此沒有秘密。牠最愛用耳朵廝磨著前世未盡的緣份，捏熄蠟燭不讓它流淚。眾聲喧譁時牠都安靜地躲著，從來沒有人看過牠。我在心中養著牠，沒有給牠名字。而每隔三、五年，我就要換一隻貓，性格迥異的貓，蠱惑夢幻而溫柔，一如那年霧裡白樺的女孩。

## 【佳作】〈變色龍〉

■ 吳添楷

　　打破窗戶的男同學，棒球也跟著沉默，每個人都不承認，唯獨一種綠色跳進黑板裡，翠綠、碧綠、軍綠……整個教室都變成了保護色。

　　拿著捲尺欺負同學，痛覺黏著於手，那些不甘流成的淚，也是一座版圖。教育的陋習、劣根性導致霸凌的擬態，伸手抵擋又是多重選項的傷。

　　掙扎於桌椅上的蟲子，整個走廊都在日夜變化，逃不出鐘聲的宿命。試卷是張顆粒狀的鱗片，觸感不佳，筆、擦子無從招架，一躍而起的是攤在草上的畢業證書和證照。

# 【佳作】〈黑白〉

■任念

　　分手的那個深夜，燈沒有開。我們並坐在沙發上，電視機正放映斑馬的特寫鏡頭。液晶螢幕在室內無光的狀態下太過刺眼，所以我轉頭看模糊的你。

　　彩色電視尚未誕生的年代，斑馬應該受到人們喜愛吧？那時候斑馬身上的紋路，不曾違背普世價值。

　　而你依然沒有看我，只是淡淡地問了一句：「為什麼要哭？」這是一道關乎本質的命題：二十一世紀眾人推崇的理念，與我們所朝仰的理想社會，差距——

　　但我們不宜深究太過哲學性的問題。我想，你大概忘記我曾告訴過你，我之所以喜歡斑馬，是因為人們無法斷定牠，斷定牠是黑是白。不過，那晚我的回答是：「因為愛是貧窮的。

# 2020第二回散文詩競寫主題：夢

（按發表順序）

（徵稿製圖：李桂媚）

## 【優勝】〈催眠術〉

■無花

　　第一世我是隻蠹魚，足跡火印在詩卷木牘。偶爾咀嚼詩人的序；後記中吐出字句的螢光。尾鬚浮游在行與行間的水道，聆聽詩人朗誦水的深度。此生我揹負一卷無法攤開在陽光下，橫式直書的宿命。

　　第二世我是紅帶袖蝶，飛入莊子探索生死的股掌。花叢中我以薄翼拿捏生命的回聲，鮮紅色圖案警示掠食者，時光暗藏致命的毒性。而所有朝我撲來的複眼，無法從我身上的幾何圖形找到出路。他們只在乎我雙翼鼓動的風的真偽。忘了聞一聞，我留在他們手中的花香。

　　「叩！」你敲響我的頭，試圖讓我從今世木魚的回音中，冉冉甦醒。

# 【優勝】〈脫線〉

■漫漁

　　她抹開浴室鏡面的霧氣，端詳鏡中人的模樣。瞥見身體有幾處長出了毛邊，許是來自那些日進日出的接踵摩肩。正想把自己的輪廓修剪整齊，她一摸，摸到耳朵洞裡的線頭。

　　拉，拉，再拉……，思緒慢慢垂入，直至海深處。許久，卻釣不到半條魚。混濁的水面維持著一種異常的平靜，霧氣仍未散去，她扯了扯線，隱約看到在海底鑽動的，萬種念頭。

　　此時再望，鏡子裡什麼都沒有了。線，一團團在地板上糾結扭動，掙扎著想回到深海，在那裡可以安全而清醒地，做一尾隱形的魚。

　　她在鏡子的另一邊，看著那個一去不回的線頭。

# 【優勝】〈隱身於夢的空洞〉

■邱逸華

　　最後一顆牙鬆脫以後，我竟長出堅硬的犄角──不得不隱藏，於是折斷、磨平它，祈禱能安心長大。雜念太多時，角根便迅速增生，直到頭臉長滿醜陋的角質。

　　為了保持平庸，我在身上挖出無數孔洞──最大的靠近心臟，用來掩埋自己過於顯眼的思想；次一個在唇舌間，好盛裝同溫層裡竊聽而來的預言；剩下那些或大或小的窟窿遍布周身，隨機塞進嫉妒的體液、愛情的皮屑與夢的癌變。

　　一時間我感到冷。幻境寒氣逼人。恐懼讓這些孔洞長出蔓綠絨，葉子佈滿空洞。當莖枝萌生自溺嫩芽，我開始領受快感，像拙劣藝術，展示無害的控訴。現實的邊疆閃著懺悔的眼光──凝視的眾目在我的夢裡看穿自己的空洞，再不忍嫌惡，暗賜我溫柔的同理。

# 【優勝】〈薪火〉

■ 簡玲


　　在生不逢時的沼澤，一些乾蘆葦成為燃薪，他們取暖，貓頭鷹聲鳴時火捻逐漸熄滅，他說她是最後的希望。

　　烏雲下起暴雨，他們的腰際涉渡一條紗裙，淺草覆住坎坷不平的胸膛，他橫臥成小筏乘載她，夜鷹一路瘋狂淒冽，逐水移動的浮力漸漸蒼老，他叮囑打開心窗，瞭望，遠見那朵火花，沒有餘裕的時間可以沉淪。

　　鷹的惡聲睡去，光明就要甦醒，小筏洩氣了，足踝下深綠水面匍匐一張獸皮，裸露一具牛的肩胛骨，她驚呼：「起來啊，爸爸，快起來！」他蹣跚的步履消停，一生寂滅悲傷濕地。

　　她上岸，高舉骨骸的三角旗，迎著喧天黃光，奔向父親的夢徑……。

# 【優勝】〈夢見父親〉

■ 林佩姬

　　父親來臺灣時，政局在斜影中搖晃。當年，無知的少年吹奏金色喇叭，踢踏著整齊步伐，雙腳悄悄地在寶島上岸。浪濤拍打寂寞，溫柔的風征服飄泊的雲，空中泛起小鈴鐺的聲響，快樂的汗水淋漓滄桑。

　　黑髮間逐漸掀起了白浪，枯萎的翅膀無力展翼北歸。墨色的夜泛出暖光，胸口的痛已被曇花引渡。爸爸雙腳穿著繡滿陽光的鞋，漫步綠色森林，永遠安息了。

　　今晚，一棵亭立門口的樹原本安靜，忽然刮起一陣風，葉子發出沙沙的聲音。暈黑的樹影中，隱現一個彷似父親的身影，梳理著西裝頭，空氣中散著髮膏的微香，徐步迎面而來，微微地對我招手。

　　沒錯，是爸爸！我正想說：「爸，您來了！」。嗓子卻發不出聲音，我著急地大喊。爸爸卻沉在葉黑裡。

# 【優勝】〈光療〉

■ 胡淑娟

　　夢裡捧著一缽月，追逐黑洞裡膨脹的虛空。萬千星辰似沙動鳴響，生出觸手擷取魔幻的鏡子。沿著鏡映的平行時空，划過靜止的湖水，像劃破星光的玻璃碎片。

　　每波連漪流淌著琉璃清音，呼喚延綿意象自永寂的岩縫中，昇起另一個藍洞。爾後緩緩游入流動的光河，夢又幻化為時空錯置的魚，長出蝶的翅翼，悄悄掩飾了直觀的真眼。

　　橫逆斜月的波紋，以光梳理每個鱗片，自由地舒展。以水沁潤每個細胞，冥想每次聽見的風聲雨聲，得到重生的喜悅。

　　在迴旋的咒語下，夢長出絲狀的偽足，飛越潮汐。追隨朝陽與弦月的升落，權充一次完美的迤迤，不只遇見了顛倒幻影而是遇到了內在的自己。

## 【優勝】〈破〉

■澤榆

　　破開現實的田，長成一棵永生的樹。曾有環遊世界的夢，卻被各種羈絆拉走四肢與器官，直至殘垣。是啊，如今只剩茁壯的軀幹，無法動彈。

　　以為就這樣了。然而當時間失去意義，滄海桑田開始脫軌，全世界的風景隨板塊移動，潮水般的幻燈片，湧過身邊。播種開花結果枯萎；聚集繁衍繁盛衰亡。

　　似在原地，其實已完成旅行。年輪記錄的歷史，沒有勝敗者的塗抹，更像場場春秋大夢。站在一個獨立的場域觀察，樹枝、葉脈，每種可能的因果，分流、匯聚。最後，又回歸了大海，像不曾分開。

　　夠著天的那天，決定更深入大地。用所有的根，緊緊抱住逐漸冷卻的地心。剝開每一層自己，包裹覆蓋現實之冷清。我要，我要給他們，也造一個美夢。

# 【優勝】〈夢的距離〉

■ 蒼僕

　　不太能記得五歲前的心思，好像是被綁在大人們吆喝聲中。六歲後，開始追逐一顆糖果的甜蜜度，也漸漸期望能跟漂亮的女生坐在一起。青春時期夢想著，雲是可捏塑的泥巴，但幾次從現實中醒過來，原來雲是小說和電影噴造出來的效果。人說男大當家，家裝進我的勵志篇裡，隱約裡看見美麗的莊園還有十幾個僕人哈腰向著我……（呵呵……竟是上班族早出晚歸，貓狗圍繞向我討食）。夢也帶著我奔向晚年的歲月，那景兒女承歡，含飴弄孫的遐想……剎那間卻顫抖著；我看到鄰居用年老拼命的掙扎，掙扎要站起來。

　　夢一直沿著現實彼此平行，而我，也在之間的距離遊走。

# 【優勝】〈雪之初〉

■謝情

　　對雪的印象，是兒時三姊送的聖誕卡。一座古屋在風雪中靜靜守候，而我是那個沒有回家過節的人。所以戀上雪，戀上白白淨淨的雪，捧在手心會慢慢融化的雪。

　　雪總是白裡透紅的肌膚，汪汪若水的眼眸，深邃的湖底，有我淡淡輝映的影子，有紫斑蝶翻飛，有滿園的水仙花；有滿樹的玉蘭花，有彼此仰望交會的眼神。

　　雪邀我參加舞會，不能長袖善舞，只能坐壁上觀，在交錯杯觥中，雪隱匿在人群。在一處臥房找到了雪，正玩著白雪公主和七個小矮人的童話故事，只是童話裡沒有了美麗的衣裳。

　　從落地窗一躍而下，墜落在游泳池，我會游泳，但心死不如長眠吧！可是水底有光，閃閃爍爍的，那是天堂之門嗎？睜開眼望見愛犬玫瑰，無邪地舔著我的臉……

# 【優勝】〈囈〉

■ 明傑


　　四月依舊如常地冷，開過青藏的列車顫抖過，那個還沒點燃的太陽。雪捎來白色電話，以網絡沉默的姿態，呼吸的問候如常地冷。

　　剩下的氧氣夠不夠爬上妳的夢？海拔越高越要習慣低調。總有餐車推過狹窄走道，黑色的擁擠，販賣靈魂有什麼口味？甜鹹辣苦酸澀。如何選擇，絕對的正確。輪子正向前滾去。

　　還有嗎？越吃越瘦的快樂。聽任那各種播放：音樂、報告、晚安、八卦，總要喋喋不休。真是自由的擴音器，而且積極。車廂那麼長那麼堅固。軟臥、硬臥、硬座都是風景的過客，只是賦予不同睡姿的意義。

　　總在該醒的時候睡去。妳的夢。試圖點燃太陽。我想。

# 【佳作】〈只有你才能穿上我的寂寞〉

■ 聽雨

　　小孩眼裡閃著陰暗，對光過敏，只在夢轉黑時出現。細長條狀的東西是禁品，一條家裡飼養的蛇，曾經盤踞在小孩刺痛的四肢。

　　一湖幽深藏在小孩的眼眸，那是影院，放映他和他曾經的日常。菜市場喧囂的砍價聲殺過他的童年，初戀的蘋果是顆反牛頓定律的怪胎，二娘的藤條是成長前的甜品，室內溫馨的燭光一直停留在七歲時吹熄的兩個生日蛋糕。

　　笑點是他飼養的貓。他爬上世界的接口，用筆畫開嘴角，戴上紅鼻子小丑帽，領著貓在街頭與眾歡笑。折疊無數歲月，只有小孩和他一樣的眼睛，才能看穿他的寂寞。

　　他深信夢偷換過小孩的名字。一張壓在櫃子底下多年前的地方新聞，孿生兄弟河邊游泳，一人失蹤。

# 【佳作】〈雨〉

■銀子

　　刻畫一所房子，夜雨像農曆記載的五月，捏碎好多冷凍不到冰點的雲朵。屋頂的瓦礫是雨做成的，此刻。

　　雨是好多好多融化的玻璃傘，人握著透明的傘，像水和水透明得讓它們之間看不到對方的模樣。

　　人是濕漉漉的，而雨卻是乾燥的房子。雨有自己的房子，這房子在人的耳朵聽到的地方。雨沒有水，水卻時時拉開了雨的房子的窗簾，雨對房子說，看吧！我其實沒有一點點水份。那些地上的都是些小心翼翼的河流，他們正在繞開了一個又一個小小的雨滴的圓圓的房子。

　　房子聽著聲音，聲音提著一些響亮的愛情，這愛情伸出手來，把七個音域敲得破碎，敲出玻璃，敲出雨傘，敲出雨中的房子，敲出了水看不清楚水的身體。

# 【佳作】〈老油條與小燒餅〉

■ 忍星

　　他們倆擠在一張硬木板上做著各自的春夢。木板的吱嘎聲撐住倆人老少輕重濃淡皆不同的慾望。一邊浪尖，一邊山谷，但你聽得出來，春天兩邊跑得喘不過氣來的氣息，會讓蚊子都嗡嗡耳鳴。

　　白天老油條領著小燒餅去做工。把日子塗抹水泥，一遍又一遍。這麼規律的固執，被烈陽燒烤也燒烤不出軟化與妥協，但起碼可以加速空間的擴張，時間的縮水，賴以生活的吭啷錢幣，才能掉進深不見底的枯井，試圖碰撞一些微弱的回音。

　　老油條抽口悶煙時，不時朝揮汗如雨的小燒餅那裡吐一兩個煙圈，小燒餅睐著眼斜睨，心裡想著不知何時老油條咬不動了，他就可以自由夾蛋，不再跟老光棍擠壓，油膩一輩子了。

# 【佳作】〈繩索〉

■語凡・新加坡

在自己的夢裡做著別人的夢，連我也覺得是必然的。有些時候，習慣著等待，不屬於自己的故事。每次都似曾相識，每次都彷若初遇。

說一些既有的臺詞，與好像熟悉卻又陌生的人做安排好的事。那些人，個個都如此逼真，我不相信他們只在我夢裡活一次。他們是否也和我一樣，被誰安排上場，與別人夢里相聚，度過奇幻的一生。

我於是等待，期盼每次與誰相見。多次入夢，走過了一個又一個城市。直到某次，我終於遇見那個夢裡也覺得是熟悉的人。他彷彿左右著我的思想和行動，我成了一個木偶，在他的擺弄中辛苦地活著，再也無法停止。

在大汗淋漓的夢裡，那個人有一條繩索無形地牽動著我，如此真實，如果夢有醒來的時候，這條繩必還存在，在誰手中。

# 【佳作】〈逝〉

■ 謝祥昇

　　我生活於冰原之上，從未如此凝視過天空。滲水的冰山，足跡正在消失。此刻，地球正在燃燒，家園正在融解。

　　我沒有食物，只能在單薄冰層上緩慢爬行，尋找所有廢棄的可能；眼前靜躺的垃圾桶，像極了海豹死去的軀體，海面上洄游魚群，早已經離開冰棚的距離。

　　北極風吹著疲倦，我減去不必要的嘆息，僅剩短促的呼吸，費盡咀嚼的力量，我抱著一塊作夢的冰，這曾是生命引以為傲的領土。

　　夜裡，極光映入腦下垂體，半睜的眼是不曾移動的表情。一旁的死神，正靜靜的等待著……我消逝的夢。

# 【佳作】〈自閉的夢〉

∎桑青

　　女人養了一尊自閉的甕。生他的時候疼痛很沉默，只記得哭聲嘹亮，呼吸都是創傷。直到他漸漸有些微日常的機能，才能自行待在牆角，快樂地馴養落下來的天光。甕的眼睛堆滿謎語，裡面豢養靈魂的藍似懂非懂。

　　失業那天公園的午后甕走失了，女人心上無止境下不完落葉，就在以為秋天走成虛線的時候，腳頓時踩進每天哼唱的安眠曲中，一滴滴反覆倒在琴鍵上，公園表演臺傳來甕裡的音樂，那首她哼唱千百回的「美麗男孩」竟從他的指尖走出！女人走近琴椅，把孵夢的天使擁在懷裡。這天白雲帽沿壓得很低，樹輕輕搖撼故事的章節，傾耳，有迷人的腹語一一打開。

## 【佳作】〈漂洋過海〉

■ 緣希

　　墨水瓶傾倒灑落了一片海，曾經的心事沉浸黑夜裡，聽見有隻鯨魚正吞噬海的故事……鯨魚說人生總有很多錯覺，是是非非不過一場錯覺，我喜歡他亦是錯覺，歲月最後都是隨時顛倒的錯覺。

　　海豚說終能勝天，但是不管牠怎麼跳躍翻騰，始終無法摘下最閃亮的星，剩下被擱淺的明日；月光婉柔安撫說著，夢是我的意識，夢見白鶴飛翔會帶來吉祥和運氣。

　　吸墨器吸不乾那片海，有道痕跡永遠抹不去，黑與白之間有許多濕透的夢，承載我欲漂洋過海抵達彼岸的渴望；我把大海攤在燭光底下，總有污點看不透卻是我仍嘗試越過的海平面。總有人輕輕鬆鬆到達的快活島，我仍靜觀波浪，傾聽破船敘述又有誰遭海浪吞噬。

　　白鶴遠去那天，我跳下海，請不要提醒我這是場夢。

# 【佳作】〈游牧詩心〉

■ 蔡知臻

　　我亦於城市駐足，但牧不了一群失語獸，壯碩的身軀，卻只有芝麻綠豆大的膽。

　　每天都在掙扎的膽，放了憂心，存著也不安心。有時他會跟著老鼠鄰居偷渡到家門口，卻始終過不去那聳立的「自信之門」，乘興而返。我試圖將他改造，成為圖畫或文字，寄出後等待回音，城市的發展迫使離返的迅捷，膽，瞬間無膽，而膽也綠了。

　　死後的膽，暫時安置靈堂後方，儀式的操演與布置，讓膽脹紅，然後坐起並做起亢奮之舞。他需要游牧者，或影子依傍跟隨，先成為獸，雖然失語，但卻有詩心，如夢。

## 【佳作】〈廢行〉

■ 安垣

　　開頭都一樣，我準備好行囊外出旅行──

　　第一個夢裡，忘記帶錢包。第二個夢裡，忘了帶游泳衣，而我要去的地方是海濱。第三個夢裡，行至半途袋裡乾糧突然變質，麵包長出血絲般的菌株，水果流出腥臭綠膿。第四個，第五個⋯⋯

　　睡眼都可感知百葉窗肋骨間透出了白光，該速速行動。我當然可以借錢，這必然會使我背負黃金十字架而我對宗教並無興趣；我可以另買新款比基尼，但你可知人們喜歡看半裸及至全裸軀體可是沒人願意欣賞腰腹上橫爬的蜈蚣疤痕？；我更不可能喝不潔的水吃變色變味變形的食物此乃安全行旅健康生活和諧兩性關係之要義請務必牢記。

　　不去了！鳥兒叫得好歡，我終於掙脫夢澤，再次清醒為人。

# 【佳作】〈撿到一個夢〉

■李瘦馬

　　話說那晚，在路上閒蕩，一不留神，嚙的一聲，真是清脆呀！不知踢到何物？彎腰俯拾——是一枝叫做筆的物，心想，何人遺落？是天上仙人不慎遺落人間，抑或那個美人像丟絲帕般等待有緣人？

　　就像撿到一個夢一般，將它拾起，插進靠近胸膛的口袋，就像鑰匙插進鎖孔，很清脆。

　　之後，每天帶著夢，在人間行走，走到靈感像雲煙升起的地方，或坐著，或站著，遠近久暫都一一入眼，進入心房。

# 2021年第一回合散文詩競寫主題：
# 植物

（按發表順序）

（徵稿製圖：李桂媚）

# 【優勝】〈倒株的木瓜樹〉

■ 邱逸華

　　「她是個不祥的女人！」許多帶著毒液的花，攀著風聲耳語這樣的譖言。多子多孫繁衍的是祝福或是詛咒？她不在乎。

　　纍纍結實，自是讓人側目；再加上她橫著生長，看似霸道、驕恣的姿態，彷彿用盡全力展示存在的頑強。她這個不祥的女人，讓男人三番兩次踐踏。那些亟欲控制她的，以斧斫、刀刺要她倒下；說盡一切醜話，只為了矮化她。

　　於是她折腰伏低，豐泌乳汁。把苦澀心事結成飽滿的黑珍珠。面對那些惡毒卻不結果的寂寞花樹，她剖開自己向泥土說：由她們去招風！我往生命最賤處分泌酵素，軟化磽薄人世，催熟來春的因果。

# 【優勝】〈無情的乳膠〉

■ 聽雨

「再來一刀，就多一刀。忍著點，很快就過去了！」

枕邊暖氣騷耳，細傳割膠三式，起刀、行刀、收刀，繞走一圈就能攫取獵物身上財物，然後卸下不值錢的東西如親情。他學得一絲不苟。

母親的頭髮稀疏，如他婚後喚叫老母的次數。左手用力，右手穩刀，三菱形膠刀喧囂咆哮，張大的刃口形似螞蝗。眼睛閉上黃昏，像棵被踐踏多年的橡膠樹，母親乾枯的雙乳迎向膠刀。

那是個落葉走入秋天的季節，膠園裡枯瘦的老母樹，淌下乳汁滴答滴答，裡頭有血有淚，無情。

# 【優勝】〈芥菜罈子〉

■ 李黎茗

「經過建國北路二段某巷的行人，記得打個暗號，喊出酸菜湯子。」她說她就會送一份。初罈子開封，隨機結緣有什麼關係。反正你把我磨成了信手老妖。

離開越久，場景越是清晰，撥開寒冬的雪，一簑煙炊，起手式的醃罈子，燒水、築菜、塞緊，不留一點餘地，擠出舊年空氣，然後，等起散落四處的親情，友情，是富貴菜，是寒微菜，也是那個年代的悲歌。她練就一身本領。

父親的皺紋夾得死蚊子，如她嫁入夫家醃漬的酸罈子丘，左一層，又一層，一層一層又多少個年。是一日三餐的筷子戳，瘦了少年時。

又是年關近，菜園裡一丘大芥菜，老舊的洋傘馱起紛飛大雪。喃喃自語著。「我已醃不動了，你也不再是筷子戳。」

# 【優勝】〈盆栽與乾燥花〉

■無花

　　我坐在客廳，等太陽從窗外的湖面上叫醒枝棲在灌叢的蒼鷺。

　　用第一道曙光修剪身上枯葉，折斷蠻長的雜枝，剔除一些剛萌芽的刺，確保土地不會從主幹拓印下多餘的陰影。我檢查臉上皸裂的表情，劇痛從指尖無法觸及的深處泛出一圈年輪。為了呼吸我把自己從泥面拔起，露出肥大的根部。

　　他轉身出門，如常以背影把我的安靜反鎖在屋內。走進他的臥房，掀起窗簾，陽光灑在微溫的床上。一隻一隻聒噪的蒼鷺從被單中竄出，棲息在牆壁上他所領養的乾燥花的枝節與枝節之間。

　　我看見無法脫水的我了！株守在這棵不願長出綠葉的樹下，枯等那些鳥聲，落下我喜歡的花骨朵。

# 【優勝】〈樹之死生〉

■語凡・新加坡

　　山丘上長滿了百年的老樹，路過的車子和人都會看見，它們像好多的手伸向天空，想抓住雲朵或者星月，或者自由的風。

　　其中有一棵在一個雨天被雷電劈中，從中劈成兩半，燒焦的枝椏破敗狼狽，樣子如墓地爬出的怪手，有點嚇人。

　　我們決定砍去這已死的老樹還這小丘一片美麗的綠色。我們用了電鋸和拉車，花了一個下午，枯木的落葉在身邊掙扎吶喊著，我們看著曾經驕傲的樹幹，年輪旋轉發出的聲音，在樹林裡如告別的歌聲。

　　我們掘著泥土，看見樹根向下不停延伸，如挖掘時間的河。每一寸該是十年的光陰，也許更久。我們喜歡這樣認識別人和自己：用歷史，看看曾經的茂盛。我停下手上的鋤頭，看見有一株綠苗在泥中，像我認識的你，倔強地破土而出。

# 【優勝】〈天使之花〉

■無花

　　他發現家中盆栽裡的花朵不見了！他確定，昨夜施的肥還完好在盆內，今早該撒在她臉上的露珠和陽光還在手中。

　　飛奔下樓，他朝街道上每一位抗爭人士怒吼：「每年的潑水節前後盛開，她盛放時滿樹都是黃橙橙的，幽香四溢。」群眾安靜地遞給他一滴淚後轉身遁入花海，他驚訝大家在同一時間，弄丟了同一朵花。

　　紋身師應允他的要求，把一具19歲的紫檀花鑲嵌在他單薄的骨架上，落針前提醒：「一輩子的懷念會痛啊！」。他眼睛燃火，鏗鏘回覆：「我代每一個愛她的人，把這永不凋零的時代栽種心底，每一口呼吸都會是養份。」

　　來不及赴四月之約，一枚流彈無預警地在她腦袋提前開花。「一切都會沒事的！」她抱歉地對朝她射來的子彈說。

　　註：緬甸19歲女生瑪良烏被封為「示威天使」。3月3日參加示威時，頭部中彈死去。她死時身穿寫有「EverythingwillbeOK」的T恤。

## 【優勝】〈幽篁〉

■蒼僕

　　節節青皮綠骨，挺立如琴弦，風來拂動不著塵土的衣袖；衣袖是用毫筆一介一介彈壓而起的墨痕，你要為我著啥顏色；朱紅、墨綠或淡泊如水白在宣紙上。

　　不要把我框裱在你的思維下，而說是勁節的君子，而說是腹中空的小人，隱喻曰他，而我只愛在煙雲飄來時，著一片翠綠的山色。

# 【優勝】〈狼尾蒿〉

■ 王之詩

　　我攜著影子四處流浪，如飛蓬隨風離散，走過的足跡都串成虛線式的記憶，遠遠牽著我，不斷提醒我，要偶爾回頭啊回頭，看一看那躲在遙遠後面一個小孩，天真的笑。

　　我知道路過的風景都是夢，夢裡尋夢我最後會找到甚麼？雲在前方浮漾，天空還是一樣的藍，我常常想起過去的人，他們走過的路，到最後會不會回過頭來，將他們一個一個的走過，走成一片空無？

　　在夜裡，我的影子突然離我遠去，睡成一列山脈，我卻把自己隱藏在時間裡，偷窺自己的身體，蜷縮成一首詩，安安靜靜，等待路過的你，走向前來，快樂的閱讀。

　　明日，等待影子歸來，我將繼續趕路，並把這個世界，走成了歌，一路流浪而去。

# 【優勝】〈厭惡白色的菟絲子〉

■ 謝祥昇

　　蜷縮的身體，雲霧覆蓋了最潮濕的瞳孔。妳訴說十七歲被撕裂的夢衣，純白的被褥染上疼痛的淚水，白色自然成為討厭的顏色。妳說青春沒有了葉綠體，人生還新鮮嗎？

　　厭世的妳不用水份灌溉，只需學會攀爬就能存活。而所有的宿主，都值得妳在身上充斥著香薰，以最溫柔的繾綣覆蓋陌生的氣味，直到他們的腐肉枯竭。

　　妳讓我睡在妳白色的夢衣，我們並沒有談論下一個春天。吸了一口我手上的菸，妳淡淡地吐出……「無根草，只能癱在簾內的世界。」這是妳對生命痛苦的描述，竟也是那麼的直白。

# 【優勝】〈他的菜〉

■紅紅


　　他緩緩向我走來，我喜歡他左右側拉長脖子，小心翼翼卻堅定往前的樣子。他的腳是海，乘著潮汐，他移動著一座海洋。

　　最早抵達我的部分是裙襬。然後他卸下一座泥土色的島嶼。

　　他吃我的樣子，像濃郁的海水漫上沙灘，覆蓋醬汁的天井，然後細細細細，像啃咬腳皮的溫泉魚。他吃掉了我，我又再長出來，長得更青更油亮，有他愛過的樣子。

# 【佳作】〈鮮花〉

■ 紅紅

　　離世一週年，民眾在女孩中彈的路旁獻上白色花朵，堆起鮮花的祭臺。警方聞訊後趕往現場，一群鎮暴員警將鮮花團團圍住。

　　鮮花柔弱，卻不讓步；鮮花沉默，卻芬芳。這可惹惱了指揮官。子彈瘋狂掃射，炸出殷紅血花。花瓣如鞭炮碎屑，在街道飛散開來，形成壯烈的璀璨景象。

　　「鮮花，是世上最危險的武器。」他忿忿地說。

# 【佳作】〈過貓〉

■林佩姬

　　縱然有些苦澀、有些黏液，卻擁有一身的翠綠，如貓的深色碧眼。我以尾巴的捲軸輕輕地揮舞生命的重量。

　　我是隻不愛陽光的貓！喜歡跳過串串晦澀回憶，把悲傷好好捲藏。也曾希冀眼前能收納一片原野，於陽光下裸奔，握著五彩天光；但我的爪子來回在空中攫取，卻無法抓住任何的奢望。

　　有人說要熱水川燙，才能去掉貓的氣味。我不過是屈身在冷月下的陰濕處，窺探蕨類的氣味，才叫蕨貓。多麼期待逃過炯炯目光的嘴，用爪撚熄一場生死風暴。我想要快樂地活著，我是過貓，而非貓過！

## 【佳作】〈凝神的蘆葦〉

■ 忍星

　　站在出海口的泥濘裡多年，我練就了一種本事：把遼闊縮成眼前，將巨觀壓成微視。如此，海風搖晃我的意志，鹽分侵蝕我的腳踝時，我依舊可以隨心所欲，研究海鳥展翅的僵直性語言，或者寶特瓶遺言裡無法分解透析的語素微粒。

　　有對戀人打趣地在我的遊戲森林裡鑽來鑽去，用相機互相捕捉藏匿瞬間時間的不懷好意。在某些嬉鬧疲頓的當下，我刻意靜伏我的思緒貓球，停止一切旋轉的星星，停止我的腦海嘯音，停止空間擴張版圖的數位足跡……

　　我把眼界放逐的同時，你從虛擬邊界扛回一缸夢土，說：「為你植夢，記得把你的眼神拉回、安放，不要讓他到處流浪了。」

## 【佳作】〈紫荊花〉

■姚于玲

　　被遷植於廣場成為眾人朝拜的對象讓她感到焦慮。

　　她的到來讓維多利亞港口自由的眼睛堆積被催淚彈、槍口和人聲紛擾的景象；目睹昨日意氣風發的城市如何瞬間被迫架上新的濾鏡，讓光吃掉不願承認血流不止的畫面，喊破喉的家破人亡。悲痛後，劏房、屋苑與高樓負傷安靜佇立，日復一日，偷生活成歷史。

　　點滿人煙的九龍區疲憊地吞吐著黃昏，遙望紫紅色的輝煌歲月退潮。這時，她才想起名字中不願被提及的「洋」經歷留下的身份。

　　忽視信徒往她的身上貼滿金黃色的熾熱目光，她想像著獨自在白天踩踏著綠色的羊蹄，穿梭繁忙的街道，移動自己的風景；夜晚，採集一路上的花語，登上萬家燈火綻放的獅子山，將之拋向天空。

註：洋紫荊，紫荊花為香港市花。紫荊，是家庭和美、骨肉情深的象
　　徵；花語是「矢志不渝，不離不棄」。

# 【佳作】〈牡丹花下〉

■邱逸華

　　誰讓那些劉蘭芝投水明志，讓焦仲卿們自掛東南枝？他們的遺憾搭建到什麼高度，悲劇就拔尖到那個音階。

　　為把悲歌唱破，於是我把身體留在荼蘼以前，精魂徘徊他的春天。驚夢！藉一株梅回身。在詩人輕賤的傳奇裡，敷寫一部閨閣禁書。為愛而性，沐雨穿雲；自死而生，陰陽一線。執迷有多深，就顛倒多少晨昏。

　　孔雀不再朝東南飛去，野雀啄食春天的碎屑。紅豔豔的牡丹叢裡藏著魔鬼，散播，愛情的餘毒。中毒以後，終於無須歌頌悲劇——杜麗娘在成為賢妻以前，也曾是浪女；做鬼也好，誰都該風流一場。

# 【佳作】〈仙人掌的詠嘆調〉

■吳添楷

自從被注射後，他久臥於病榻上，和晝對望，整個病房旱成了沙漠。「武威、張掖、酒泉、敦煌」喃喃地唸，用夢踏查了絲綢之路，盡頭之處有綠洲。

自從被擦拭酒精後，全身長滿了荊棘。逐漸習慣了被目光刺傷的日子，是心太尖？還是住院的時期太脆？心太尖？還是住院的時期太脆？

自抽屜爬出一條響尾蛇，舔舐著身子，點滴嚇到變形，纏頸的瞬間有點窒息。開始顯示徵況：皮膚出現角質、淋巴隆成肉狀、食慾下降、以憔悴的姿勢面向陽光。

「那是我的前世啊！」他看著桌上的火龍果，虛弱地喊著。關上門後，水分流失，錯覺蒸發成一縷煙，前往澎湖尋找遺失自己的夏天。

# 【佳作】〈棄蘭〉

■ 慢鵝

　　佛眼莊嚴的望著沉香，一縷青煙裊裊燻繞著初心，木魚斷續地敲醒瞌睡蟲，合十禮懺。四盆蝴蝶蘭在最美的時刻開始枯垂，將雜念逐一凋零，直到最後幾朵隨馨聲落下牽掛，讓新盆株獻上虔誠。

　　移走的四盆殘蘭，抽離出盆外，隨意堆疊著厚葉與鬚根，聚合殘花已枯謝的鐵絲架，交纏水苔、椰纖塊與保麗龍碎片。擠滿一團鬆垮的晚境，丟棄關房北牆角，任風雨自由穿梭歲月。

　　木魚學會打瞌睡後，就這樣等待日子枯萎麼？不！

　　今春牆角半枯黑的厚葉下，靜悄悄伸展四根含苞的枝條。雜亂堆疊中逐一綻開朵朵粉黛。被當廢棄物堆疊的殘株呀！又活出一個春天。

# 【佳作】〈鹿角蕨〉

■余伯伯


　　一隻偶然路過的鹿，跌進我懸掛在日落下的盡頭，靜靜地，留下了柔軟而翠綠的角，像是炫耀著那片從不輕易開啟的森林。

　　而我在林中已留下許多，脆化的腳步聲，響徹林間，卻再也沒有叩門的少年了，再也沒有我們說好的依依不捨。

　　如此，便輕易放走那佇留的日子，附著在高聳的樹上以及鹿角上還未蒸發的水珠。

# 【佳作】〈冬蟲夏草〉

■ 林佩姬

　　高山寒地不宜外出的冬，躲在香馥馥的土壤裡，我們一起蹲在土窯裡曖昧。寄存你膏渥的體內，典藏我全然的解放。嚙血之愛，猶流淌的祭典，是我為你預留的體溫。

　　有人說我這絲絲真菌，初以愛戀之姿，委身蟲體，挾蟲命而活。回首驀然望見我將活體舔嚙成骷髏，再以你的身影恣然弄舞，搖身成出土的草，似風聲晚禱的鬼魅。

　　其實，我不過是衛著蟲卵的一株小草，漠然走過冬日，活到盛夏。一株在風中緊擁一個僵硬殘體的夏草，續行你一身的狼藉。最終，淪為人類收屍的一株蟲草。

# 【佳作】〈落地生根〉

■明傑

　　四月又下雨了，泥土裡彌漫青草的味道。你曾經如此潮濕過，如此確信幼芽屬於泥土，可以生根。你努力吸取養分，培養自己與未來，在熱帶雨中淋雨。剪下葉片夾在書頁裡，在書裡發酵，醞釀夢裡的未來。土壤因為新植株而存在。

　　但不，他們說你不屬於這裡。外來者是你身上的葉脈，一種永久的紋身。

　　葉片全身生出圓齒，保護在邊緣徘徊的自己。斷開的葉柄是被剪掉的命運，幾代家族寫不出一朵花盛開。你有肥厚的憤怨，卻夾在最歡樂的書頁裡。你是青色的葉子，但泥土不是。你在枯萎中發芽，試圖在邊緣開出小蝴蝶。努力拍動翅膀便會有風，風吹過哪裡，哪裡就是大地。落地就努力生根。

　　你又潮濕了，在沒有雨水的土壤，只有一滴淚。

# 2021年第二回合散文詩競寫主題：
# 新聞

（按發表順序）

（徵稿製圖：李柱媚）

# 【優勝】〈蘋果咬一口〉

## ■無花

　　他懷疑自己得了幻聽，電視上新聞播報員的音調越來越一致，內容像大合唱擁有統一的嘴形。

　　今早母親在餐桌上擺滿各類水果。「仔啊，蘋果的售價不再以新鮮度論斤秤兩咗！」如常從背頁開讀，有的話題在開花有的已熟透，就是挖不到爛掉的新聞的果肉。

　　他曾目睹新鮮蘋果被一則則本地新聞吞噬，爽脆聲音導致他害怕自此一千隻耳朵只能聽見一種生死的論述，一個個被塗改被消失的字，張大嘴巴充當合音天使，在空曠的版位聽起來顯得更像悼歌。

　　蘋果在手中無聲無息憑空消失，他確定那是幻聽的病因。祈盼蘋果缺一口，至少他還能自由地聯想兇手的嘴形。他害怕翻到這城市的首頁，明天只剩下開了天窗的頭條新聞。

新聞摘要：8界新聞報導，香港警方昨天（6月17日）以涉嫌串謀勾結外國或境外勢力，危害國家安全，以違反〈香港國安法〉的罪名，逮捕一傳媒集團五高層，並對報社和被捕人的住所進行搜查。香港〈蘋果日報〉今加印至50萬份。

# 【優勝】〈降旗〉

■無花

　　一覺醒來這個城市被白色旗子淹沒，尿布白、床單白、吊嘎白。款式不一的白色布條一夜之間張掛在各家各戶門前。母親說今天起歡慶飢餓節，首先得確認家中斷炊無餘糧，隨之而來的斷水斷電當作是支持環保運動。

　　這越來越有詩意的國度，飛機會無辜在天空消失，公然圈養一頭只會生吞金子的鯨魚，軍購永不沈沒的潛水艇，一隻雞一隻河馬竟然讓全世界把家園看作成馬戲團。

　　一本本白皮書像一張張白色遮羞布，白得不分膚色。

　　快樂的街童撿起石頭擲向旗子，無為的遊戲適合用來發洩即將褪色的青春。跟母親說我要降旗，用拳頭降伏心中那張白色的旗，讓鮮紅的血像旭日從旗子破口處昇起，讓白色眼珠子佈滿紅色血絲，改變我眼前看見的白色榮景。

新聞摘要：（中央社新加坡2日專電）馬來西亞疫情嚴峻，全國封鎖措施無限期延長。當地許多民眾生活因疫情陷入困境之際，民間發起「白旗運動」（Bendera putih），鼓勵有困難的人主動在家門口掛上白旗尋求協助。

## 【優勝】〈彩虹旗〉

■林佩姬

　　每個性別的胴體都有山水的紋路，我們眼瞳裡的宇宙很深邃，「當我們同在一起」（註），對愛一樣執著。不必關在櫃子裡燃燒愛情，不必戴上面具掩飾卑微的請求，我們滴下的淚不再是黑夜凝固的喪鐘，這個國家沒有吞噬同婚的自由。

　　曾經我們的性別背負濃霧，獠牙緊咬惡夢。如今我們攀越岩石，穿越詛咒，脫下宿罪，聆聽血液的呼喚。愛情流動一股麝香，但我們的靈魂不是玻璃碎片，兩人相倚環抱一座彩虹。

　　「come out of the closet！」這裡擁有同婚的自由，一起聚合在這片土地上，沒有烏雲遮掩，氣流中沒有荊棘，可與白雲並列在天空一起散步。橫臥的路不再荒涼，握著你的溫柔，我們搖動旗竿，揮舞天邊的彩虹。

新聞摘要：行政院性平處於今年5月23日發新聞稿截至今年4月30日止，臺灣已有5871對同性伴侶登記結婚。

註：「當我們同在一起」是引用自同名歌名。

# 【優勝】〈土石流〉

■ 謝美智

　　夢裡浪漫的櫻花隨風飄落在河面，鳥兒在岸邊築巢，不曾去計算鳥窩地基的厚度，每天早出晚歸忙著四處覓食，餵養嗷嗷待哺的幼雛，從來沒有規劃過逃亡的路線。

　　梅雨鋒面造訪，由「盛土」（註）打造出來的溫泉鄉，它徘徊在鳥居的神社結界，似乎有說不完的心事，挑撥熱海的波浪無預警潰堤，沿途輕易拔起笨重的石頭助攻，肆虐整個人間天堂。

　　棄巢的鳥族在半空拍著凌亂節拍的翅膀慌張逃竄，山坡滑落的火山灰，混濁了滾滾水流，張開大口吞沒河面兩排的房子，覆蓋熱鬧的街道，大地的怒吼分貝遮掩逃難者向神明求救的聲浪。

　　螢幕前傾斜的漂流木即將撞擊我的房門，拿起搖控器終結一場災難，眾神歸來，我的房間僥倖逃過一劫，寧靜到能聽到窗外傳來夏蟬的聲音。

新聞摘要：日本知名的海濱溫泉聖地，靜岡縣的熱海，伊豆山區7月
　　　　　3日發生大規模土石流災害，梅雨量超過往年七月平均雨
　　　　　量；加上當地是火山灰土，地質原本就鬆軟，從伊豆山神
　　　　　社朝東南方往下流，最遠達到約600公尺外的海岸線。

註：「盛土」，主要指在較低處或山坡地填土堆高，作成平坦地面或
　　高於四周的一種造地工程或土堆。

# 【優勝】〈白色怪獸〉

■方蘊葶

　　棉花的柔，棉花的白，被血污滲透，隱藏著歷史的黑，因命運所開的玩笑，於是我變成一條缺水的魚，在岸上大口地吞吐，卻吸不進名為自由的空氣，心，已然在時光中沉寂，身，被白色怪獸慢慢蠶食著。

　　我在彼岸，我的同伴們在此岸，他們想要掙紮以破開魚網，滿溢的情感席捲每一處，燃燒起陸地上的方盒子，同伴們漸漸被烤熟，催淚瓦斯製造出惡夢，汙染天空這最後的淨土，晶瑩自我眼眶滾落，我想，可能是海水，或是天上耀眼的星星。

　　正義不知何時會駕臨，比萬丈深淵更可怕的是未知，他們與我同在，一次次地沉入海底，壓力阻止想往上游的靈魂，永遠逃不出制度與框架，我們都想要回家，但我們的家究竟在哪裡？

新聞摘要：風傳媒新聞當白人警察用膝蓋壓死黑人，警察暴力＋種族歧視，美國示威抗議潮全面引爆，美國明尼阿波利斯（Minneapolis）一名黑人男子佛洛伊德（George Floyd）2020年5月25日遭白人警察暴力執法殺害，引發示威抗議。

# 【優勝】〈以一雙夢翅飛越邁阿密的風雲〉

■ 謝美智

　　天空就要被海洋接管，我是一隻無法振翅離開蒼穹的鳥兒，飛不出夢的結界，到處都是穿梭防風林詭譎的風聲，我看到沙灘上有一排以積木堆疊的偉岸建築物。

　　天空彷彿就要倒塌下來，潮間帶以浮木築巢的螞蟻發揮靈敏的嗅覺奔相走告，命中不可避免的海嘯就要席捲風中戰慄的城堡。

　　原來海洋的眼淚，預先埋下悲劇的伏筆，日夜無聲鏽蝕鋼構的牆角，任憑子夜的狂犬，也吠不醒那些耽溺於美夢醒不來的人，假如有一千雙翅膀，我願猛烈撞擊每個房間的窗戶，中止那些沉睡的打鼾聲。

　　頑童投擲亂石決裂了天空，卸掉翅膀，逃遁一場夢，怪手開挖搶救被掩埋的夢境，我只能合掌祈求上天慈悲的手能修補他們破碎的夢，一切都如詩那般安然美好。

新聞摘要：2021年6月24日凌晨，位於邁阿密北邊的一棟海景12層公寓，一夕之間面目全非。科學家屢屢警告，在屏障島流沙環境上蓋大樓，從來就不是個好主意，邁阿密海灘就是這種典型地形，當海平面上升，風險倍增。現階段無法斷定這就是坍塌原因，大樓倒塌造成54死86失蹤，不過86名失蹤數字可能隨時會有變動。

# 【優勝】〈破口〉

■無花

　　他單手解開我胸前鈕扣，一座島從身上彈出來。「別擔心，這裡的一切都被徹底消毒，如妳島上的沙灘一樣潔白乾淨。」

　　就當作是一場夢魘吧！母親說當年美軍的手在她身上的地圖遊走、深鑿，爾後砲彈一枚枚無人性地往身上投擲，如今時間留下的炸坑，血水不時從皸裂的大地湧出。

　　他另一隻手開始從大腿往上游，小時候母親提及當年敵軍戰略，先遣部隊會提前探勘地勢摸熟路線，以便讓大軍直接壓境。他的手，媽他們的手漸漸接近湄公河孕育生命的源頭了！

　　「都摸到破口了啦！」我換個姿勢翻過他行軍的手，身上的地雷隔天爆開在他嘴中，呸！呸！呸！國運的破口。

新聞摘要：新加坡早報7月16日訊：本地KTV夜店冠病感染群持續擴
　　　　　大，短短四天累計88起病例。抗疫跨部門工作小組已在考
　　　　　慮採取額外措施應對。當局強烈呼籲任何曾到訪有關夜店
　　　　　的公眾「做對的事」，接受檢測並自我隔離。

# 【優勝】〈新疆的顏色〉

■ 紅紅

　　天空是藍色，自由飛翔的雲是白色，吐魯番珍珠葡萄是綠色，維吾爾族人的頭巾花帽是繽紛彩色。

　　再教育營的高牆是灰色，身上的制服清一色，營區旁紡織工廠的勞動是黑色，子宮被放置的節育環是金屬色。

　　棉花田的土壤是黃色，高溫下日曬的皮膚是棕色。被迫勞動的工人，將純白的夢想摘下攥在手裡，滲出的血，赤紅色。

　　新聞摘要：瑞典時裝品牌H&M於2020年10月發表聲明，表示未來不與新疆的任何服裝製造工廠合作，也不從該地區採購產品或棉花等原材料。意味著品牌對新疆維吾爾族的強迫勞動議題表態。不僅重撼時裝圈，也喚起國際社會對於新疆維吾爾族人權的關注。

# 【優勝】〈喚〉

■綠喵

夜闃寂又冗長。月被暗黑無光的等待吞蝕，草叢唧唧伴奏心跳的步伐。我對望心底陳舊的照片，四處尋。不知站在伸手不見五指的孤單小路，何時會叼來你的身影？

自從你離去，連結臍帶的心也一併帶走。此生長路漫漫，我遺失的心頭骨血，空成想念的井，源源流出你走時的身影。我夜夜追尋風的呼喚，企圖挽留你夢中的笑聲；日日抬眼與朝陽對望，期盼高大的你從曙光中走來。一解寒暑無窮盡的思念。

今晚，我又到小路尋你，故鄉的月，笑我，成空成空。

新聞摘要：臺中市霧峰區78歲張姓婦人7月20日凌晨1點多，站在漆黑的農路上，疑似迷路待援，警方獲報前往協助，張婦語氣興奮且信誓旦旦的說，她親眼看見死去的兒子就在前面，她要去找他，但員警遍尋不著，當下內心覺得毛毛的，後來載婦人回家後才得知，張婦的兒子早在26年前就已死在異鄉，因思子情深，常會出現幻覺，加上年老失智，晚景堪憐。

# 【優勝】〈象一場原因不明的流浪〉

■ 邱逸華


終於等到世界為我們設計一場原因不明的流浪。

足跡顯示，迷航帶有叛逆情緒——遙遠的北方更靠近糧荒；離開保護區穿過人類密密層層好奇的眼睛。一路悠哉慢行，任由我們推倒籬笆、撞破圍牆（也是一種療癒？）——空拍或者直播，用最克制的失序追蹤我們放棄的秩序。

沿途解謎的最大的看點是：路程有多遠，你們的想像力就有多扁。科學家從基因、生態、族群記憶憂心我們逃家的危機；好奇的鏡頭則一路追隨我們入侵的路線，像觀望自己從未停止的掠奪的歷史。

從我們的集體睡姿看出的疲憊，那是流浪旅程裡必須的逗點。而逗點的尾巴甩向瀕臨絕種的明天。


新聞摘要：2021年中國雲南省的一群亞洲象，從原棲息地西雙版納傣族自治州向北遷徙。十幾頭野象無目的地遊走，有媒體形容大象此舉是「史詩式的遷移」，無數網民緊貼追蹤。這段500公里不尋常的長征，令科學界困惑不已，正努力解構箇中大象、大自然和人類的關係。

# 【佳作】〈棲息萬佛塔下的白鴿〉

■聽雨

　　一萬座佛塔，俯身護佑千萬個信徒。他們有最虔誠的信仰。他們有最純淨的白鴿。

　　孩子啊！大人說你是世界的希望，魚兒在水裡遊，鳥兒在天上飛，它們不需轉換棲地，你也不必驚恐白色。街頭除了適合讓你街舞，也可以讓你頭頂簸箕或滾動輪胎（註）。喜慶未必需要燃放煙花，子彈卻應該擁抱正義。軍人當然必須愛國，軍服也可以更疼愛你。

　　孩子啊！你為什麼還在街頭拒絕回家，野狗與街舞都已絕跡，謊言和火藥充斥塵世。你以稚幼臉孔，隔著一堵白色危牆，牽動聖潔的唇角，彷彿舞動愛國的笑容，就能喚醒子彈的正義。

　　一萬座佛塔嵌入千萬個彈孔。他們有罪強悍的槍桿。他們有最神聖的救贖。蒲甘的清晨與黑夜，泣棲街頭的一群白鴿，眼裡銜著，凋零的橄欖枝。

新聞摘要：根據BBC的報導，在2021年二月至三月之間，已有超過
　　　　　四十三名兒童因緬甸軍人政變而去世。

註：頭頂簸箕和滾輪胎是緬甸小孩玩的遊戲。

## 【佳作】〈陽光下的蘋果〉

■姚于玲

　　他們習慣以蠻強的粗線把蘋果圈成魔鬼的騙局，選擇把「一日一蘋果，醫生遠離我」的果肉吃掉。

　　你冒險將手中鮮紅色的自由切開，本想讓他們看清，失去翅膀後的愛如何轉換成蒼白的恐懼。白色的東西特別易受氧化，升空後將是城中近期最時尚的烏雲。近來，頂上的黑影越來越濃厚，你開始覺得呼吸和氣壓都出現問題。

　　那天剛睡醒，你發現窗外的天空異常透徹明亮。你懷疑之前的黑影是否真的出現過？那些躲在街角被子彈滅音的聲頻；那些被催淚彈僵化的目光；那些陪你渡過無數黑夜，與拒馬對峙，如雨的文字、孱弱的燭光和最後一口氣還在努力的歌聲，是否已被戶外鮮明的人造太陽燙平？

　　你急切查看懷中的蘋果，還在，揪心一下的痛，才真正確定之前的事，曾經發生。

新聞摘要：星洲日報報導，港警19日正式以「串謀勾結外國或者境外勢力危害國家安全罪」起訴〈蘋果日報〉二高層。

# 【佳作】〈一個醒不來，的夢〉

■淼留

　　一早醒來，天空一樣的淺藍，海一樣的廣闊，我以為，會看見。短短長長的鼾聲，我以為，依然響起。像貓一樣，妳喜歡枕在我發麻的肩膀，妳說這是屬於妳的領地，絕無僅有，獨一無二。

　　我也以為，我們能如此，一直一直歲月靜好。

　　當生命亮起，我們措手不及，在一切來不及反應，潮來吞噬我的夢，暫停一切來不及說再見。

　　我無法睜開，正如我無法再推開，想開口，卻無聲。我愛妳，落在每一個月亮升起，沒有海鷗的夢裡。

新聞摘要：2021年6月28日邁阿密塌樓9死152人仍失蹤，周邊各地區公寓全面健檢。

## 【佳作】〈曾經荼蘼〉

■ 林佩姬

　　那天提早醒來的腳奔向鐵道，疾行中遇到躁動的烏雲瞬間噴火爆炸，哭號斷絕掛在枝頭的微小願望。無法預料行經清水隧道口，火車會變成壓扁的幾節蚯蚓，裂口處暴流鮮血。

　　背負行囊漂流的乘客只為狩獵臺北的陽光，太魯閣號火車卻將歸鄉的路駛向霧霾，碰撞擦出劇烈音律牽走四十九條人命，亡魂錯落在神衹點燃的葬崗。夢想還來不及收割就被吊車攫走星辰，瞇起的眼不再睜開，碾碎的容顏化成峭壁塵土，天空成了漫天的白色輓聯。

　　標記的淚失憶，隱匿一場泥濘的黑雨。曠野中，露白悄悄滴在墓塚，沿著斷腸的詩句，看今生雕成細雪，伴隨曾經的荼蘼紛落，祈願趺坐在大光明裡。

新聞摘要：2021年4月2日花蓮發生臺鐵太魯閣自強號列車出軌事件。

# 【佳作】〈黑色日常〉

■聽雨

　　公司飯廳。他把麵包攤平，塗上牛油花生醬，配上一杯黑咖啡，就這樣把一個早上吃進肚子。

　　行動管制實行好久，好久，好久以後。

　　客廳圓桌。他把心情攤平，塗上房貸欠條催款單，一粒粒數字從電臺播報員嘴裡遊了出來，逐漸把他吃進肚子。

新聞摘要：自2020年3月18日開始實施行動管制以來，馬來西亞的冠病確診病例，反復起降。來到2021年7月3日，政府在大多數地區實施加強版行動管制，確診和單日死亡病例卻屢創新高，令許多國民倍感無奈，也逐漸漠視天天播報的確診數字。

## 【佳作】〈我在望安孵夢〉

■ 林佩姬

　　海洋吹奏一首首浪漫的歌。築愛的季節裡，我在望安為謄寫的狂草落款，蜷曲沙土裡，兀自舒展海的幻想。

　　鑽出圍牆時，我馱著小小的胄甲，在太陽燒傷的地平線緩步，沒有地圖的指引，磨蹭可能的車輪與叢生的嗜血蔓藤，勇敢向大海前行。

　　將生命放牧於海灘，逐行的濤聲叼走荒野，用希望重複步履，收集每個海的呼喚。不管前方是否有巨石嘆氣，只能繼續迷走一條落寞的路，以卑微的身軀緩緩拼湊生命的痕跡。有時陷入垃圾堆裡，塑膠袋讓我窒息，易開罐的利口讓我斷頸，這就是日常。

　　但望安島讓我凝視希望，一滴甘露令我相信前方就是一片汪洋，黑夜的細紋在我的眼眸織出明天的經緯，這裡的海灘每粒沙都嘶鳴我孵的夢。

新聞摘要：（澎湖時報2021年5月24日新聞稿）望安綠蠵龜自然保育區
　　　　　在今年四月中旬到五月進行沙灘整治工程，清除過多的沙
　　　　　灘植物，翻鬆沙土，去除陡坡給小海龜一條舒坦的路，回
　　　　　歸大海的懷抱。

# 【佳作】〈旺角侏羅紀〉

■紅紅

　　電視轉到Discovery頻道——恐龍列陣進入公園（這個時代居然有恐龍）。牠們說弱肉強食是進化論重要的一環，對於一個天生的狩獵者（並非守衛者），會移動會尖叫的才是獵物（Comeon！來點娛樂，今天我們超級閒的）。

　　看見一群持槍棍穿綠色制服的恐龍出現在旺角街頭（好勁揪），會移動會尖叫的才是正常人（難不成是殭屍？），但為了不被牠們發現你是唯一反應正常的人，請勿移動請暫時停止呼吸！（跳——跳——跳——）

　　忽然間一位憋不住氣的小女孩轉身竄逃（她和哥哥只不過上街買美勞用品），驚動了一隻綠色迅猛龍，將奔跑的她撞飛倒地騎跨在下。她踢腳掙紮，其牠幾隻恐龍聞腥一湧而上。

　　地上沒有血，只是女孩再也尋不著彩筆，為城市天空塗上無憂的顏色。

新聞摘要：2020年9月6日香港警方在旺角一帶部署大量警力截查。在一段影片中一名12歲女孩看見員警時，欲快步離開現場，卻被一名防暴警正面撞飛，再被約3名警員以膝壓等方式制服；她的20歲兄長同遭警暴力對待，被控違反限聚令。其母稱事發時兄妹倆上街買粉彩，結果被困在封鎖線內。

# 【佳作】〈好狗〉

■ 紅紅

　　黨養的米格魯，忠誠愛國。牠們有著異於常狗的天賦。對特定氣味、顏色、物質，反應敏捷，於平定特區紛亂有著巨大貢獻。米格魯是好狗，無處不在，到處都有。

　　走在銅鑼灣街頭，手持白花的民眾紛紛向傷警後自裁身亡的人士致意。牠見狀後瘋狂喊叫，汪汪汪！把鮮花通通逮捕！

　　奧運轉播時，鏡頭帶到選手身上的黑衣黑褲。這可踩到牠的狗尾巴了！不斷用前腳抓扒電視螢幕，嘴巴滴淌著唾液。汪汪汪！撕裂他！

　　走進灣仔書展，牠用力聞，終於嗅到有毒的句子，得意地在一本詩集旁坐下。眼神燃起紅火，汪汪汪！燒了它！

　　新聞摘要：結合近期三個發生在香港的新聞。其一，香港一名羽毛球員在東奧比賽時穿上黑衣，被建制派人士質疑為表態支持反送中運動，隔空批評。其二，香港書展，有許多參展商因為摸不清〈國安法〉紅線只能進行自我審查。其中有幾個書商遭到檢舉。其三，警方於傷警案銅鑼灣一帶截查搜索穿黑衣或手持白花的市民。

# 【佳作】〈北極〉

■林宜蓁

　　你在極北的邊境，以磁性的權杖穿越地心、立成地球的信仰，大地匍匐旋轉，水將自己立成冰山，而黑夜與白晝在此對摺，執掌季節的步調，北極熊在你的背脊漫步，將自己染成純淨與潔白。

　　文明的熱浪開展航道，隨著慾望的心悸，一路從赤道向北焚燒，藍色脈衝將海洋推到胸前，淹沒永凍的傳說，扭曲的文明不斷膨脹，撼動地球的權杖。不遠處，冰山呢喃碎裂的信仰，終至嘆息，慢慢沉寂。

　　北極熊倉皇穿越地球的眼淚，還來不及脫下滿身的白，回家的路已被深藍的淚水覆蓋。你說，大海裡有一條清澈的路徑，當文明有一天疼痛，遠方的你，只要嗅著洋流的氣味，就能讓遊牧的記憶，回到那未遭涅染的、時間之外的信仰。

新聞摘要：全球暖化加劇，美國有線電視新聞網（CNN）報導，位於
　　　　　北極圈的格陵蘭冰原正在經歷最嚴重的融冰，光是在周二
　　　　　（7/27）的融冰，就足以讓整個佛羅里州淹水2吋（約5.08
　　　　　公分）。

## 【佳作】〈登峰造極〉

■歐陽學謙

　　鏡頭下的「背越」不知橫過了多少星斗──那助跑下精密計算的腳踏、那最後一步向下紮根而迸發的激情、享受著最高處世界彷如瞬間停頓的片刻，而他倆背後所越過的可不只是距離地面的那2.37米。

　　十多年來他倆重複的向前推進、重複的騰昇，重複地下墜、重複地嘗試、又難免地會重複受傷。為的就是在五環重遇。

　　就在不久之前，他倆其中的一個真的倒下了，被撕成了碎片，幾乎不可以再站起來。但就在他打算把自己從此困在深淵之際，另外一人突然出現，一把把他拯救出來。

　　或許專業旁述能一一背誦他們兩巨頭過往的對壘，但有多少人會明瞭他們能在2.37米的刻度上相遇是彷如摘星般的難能可貴？是的，他倆最後的一跳就把當天最高最閃爍的兩顆星給摘下了！

新聞摘要：2021年8月6日立場新聞足球說故事，場上老對手變場外摯友，雙冠軍背後的十年友誼。奧運跳高選手Barshim與Tamberi互分金牌，成為田徑場上的雙冠軍。二人除了體現奧運精神之外，華山論劍的背後，其實還有一段超越競爭的友誼故事。

距離・代入

三

# 臺灣詩學季刊雜誌社同仁作品

（按姓氏筆劃排序）

2020年第六屆臺灣詩學詩創獎——散文詩獎頒獎暨新書發表會
（相片提供：李桂媚）

## 〈流星群〉──過梅山有感

■方群


　　傳說看到一顆流星的人可以在它消失之前許下一個必然實現的願望。

　　那天我獨自前往偏遠的孤寂梅山卻在天黑之後被一群迷路的流星將我團團包圍。

　　他們爭先恐後地對我說：「請給我一個願望，謝謝！請給我一個願望，謝謝！」

　　於是我趕忙收拾行李連夜離開那個流星泛濫的迷惘村落帶著些許不安的忐忑心跳……

# 〈過北京十刹海酒吧一條街〉

■ 方群

　　「One night in Beijing，我留下許多……」，在漫長又短暫的人生旅途，我會留下些什麼？過於堅硬的濃妝搖滾以及沙啞歌喉，徘徊在共鳴與不共鳴的耳膜。

　　走過地安門、天安門，逆向穿越民國的紀元。那晚的冬雪很大、很大……，撫摸沉睡的髮髻，我無法面對你冰冷的現實。

　　夜色濃稠如墨，在熙來攘往的巷弄與胡同之間，One night in Beijing，我該留下些什麼？逐漸淡化的酒精滋味，是掙扎異鄉的莫名鄉愁……

## 〈金身〉（臺語詩）

■王羅蜜多

　　巷仔底水溝邊，必巡的跛桶滲漏的一屑仔澹，竟然暴出兩枝紅幼的小花。In的枝骨有參仔氣，毋過名聲無好。野人，土人，水人，假參，用族群輕視串做一捾被鍊。

　　一隻臭羶鼠來矣，跤步像鼎邊趖。伊的運途坎坷，干焦偷食淡薄仔物件止飢，就人人喊拍。

　　今年新春，臭羶鼠雄雄攑頭看著紅紙「金鼠報喜」，一時心爽，感覺身軀金爍爍，就大範大範peh上跛桶，疊環坐。姿勢真鼠。

　　過路人看著伊，攏合掌參拜。「iaunn──新年恭喜！」叫聲誠貓。

# 〈烏狗〉（臺語詩）

■王羅蜜多

## 子時／

　　我佇99巷參烏狗pulu相閃身。伊拖一條長長的烏影。無張持我予烏色的線條絆倒，叫伊閣叫袂停。我起毛穗（bái）挽住烏線，直直搝……搝甲pulu消失去。

　　我想欲共叫轉來，無疑悟出喙的声變做用吠的。我看家己的身軀，已發出烏色的狗毛，摸面也觸著長喙管。我大声喝咻，煞啮啮叫！阮某對厝內走出來，「pulu！pulu！半暝矣，莫閣吠矣！」，伊目睭展大蕊，閣拍我的頭殼。

## 卯時／

　　50冬前，我是一隻烏狗。有一工偷咬雞，主人誠受氣，招幾若个老芋仔欲共我料理掉。in用索仔束領頸，共我吊上簾簷跤（nî-tsînn-kha）的楹仔。in相爭掌我的肉體，用捲大舌的嚨喉声喝讚！「一烏二黃三花四白，烏e上好食！」

　　in閣攑鐵鎚仔共我搷昏，紲落斬頭，剖腹，共肉切一角一角，燉高貴的漢藥。

有一个紅鼻頭tshio記記的士官長仔，搶著我的鞭，歡喜甲擋袂牢。

**亥時／**

500年後。我閣來到99巷，走揣pulu的形影，規个塗跤齊必裂，四界茫煙散霧。

我經過子，丑，寅，卯，一時一時巡過去，無見著pulu，干焦有木蝨蛇蚤的烏影。in拖一大堆長長幼絲的烏線，共我絆跤絆手。這擺，我無共搝，任in共我綁規毬，變一粒皮球。

跳跳跳，盤過一巷閣一巷。我踮999巷停一擺，化做pulu，紲落用走的。從過9999巷的時陣，成人。

## 〈流動的臉〉

■ 白靈

　　沒有固定的臉，從出生就不知自己確切的模樣，我的速度即是雲的速度。日月山說從我臉上可以看到他自己，巴燕峽、紮馬隆峽、和老鴉峽也這樣說，金剛崖寺的塔尖倒在我臉上只不過一千年罷了。

　　昨日來過的藏女又到我臉頰邊來照亮她自己了，她的祖母也是，她祖母的祖母也是。犛牛們也來啃我的臉了，我突然由一雙牠們的眼珠子看到自己的一點點影子，真的只有芝麻般一點點臉皮，不斷閃動的一點點臉皮，我真的沒有固定的臉嗎？

　　我也想去藏民們口中的塔兒寺匍匐參拜，叩頭十萬次，雖然他比我年輕太多太多了。我，應該有幾千還是幾萬年那麼老了吧。但即使我把我自己撞得鼻青臉腫，從額頭到臉頰到下巴拉長了幾百公里那麼遠，甚至變形到不行，依然無法看見他的大小金頂。

　　匍匐去參拜了一年的老藏民回來了，蹲在我身邊，用我的臉來洗他的臉，我跳躍著流過他的眼睛，終於也看到，他眼珠中還沒熄滅的大小金頂。

　　我滿足地放他離去，繼續以雲的速度向遠方奔去，繼續流動我的臉，成為一條在風中漂泊的哈達。

　　我沒有固定的臉。我是湟水。

注：湟水，在青海省境內，黃河上游最大的一條支流。

## 〈鈉〉

■白靈

　　我是鹹的，我在每一顆鹽裡，我是滑溜的，我在每一絲肥皂裡，我是爽口的，我在每一滴運動飲料裡，我在硝石中，我在蘇打裡，我進入你的血液及細胞，協助你神經、心臟、肌肉的調節運作，我的存在或多寡左右著你，無精打采？思考遲鈍？抽搐、神志不清？昏迷甚至死亡？那的確是我，但那都不是我，少一點才是，或多一點才是，我與大多數元素都合作愉快，但我必須出神或游離，我必須變身才能無所不在，我必須不是我，我才能進入一切之中。

　　其實我是質地軟柔的金屬，用普通餐刀就可以切割，銀白色，輕、蠟狀，極具伸展性，但世上除了極少數的化學家，有誰看過真正的我呢？當被人以鉗子從煤油中夾出來，沒人知道我很活潑，在空氣中劈裡叭啦，快速燃燒，發出黃色火焰，和水才觸碰即起爆炸反應，產生高溫，熔自己成一個銀白色圓球在水面高速移動，並不斷釋放氫氣！這一切早就被破解，寫入方程式中，卻依舊是使我驚訝的旅程，此時，我不知我在我之中，還是我在我之外。

# 〈黑暗的一部份〉

■向明

　　自承我很無能，有著書生的通病，往往我只能捕捉到我親手逮住的不肖宵小。綁赴詩中，驗明正身，予以詩刑，絕不寬待，且有詩為証。

　　當然有不少的魑魅魍魎，也是時常討厭的跟蹤我，又恍如我的忠實隨從，而且一步一靠近，貼身得緊。只是我對這些無風無骨的傢伙，從來沒有詩興，有時連滾一邊去的粗話也懶得罵，我知道對無恥之輩一切都沒有用，除非我走進太陽的中心，或者熄滅所有的燈，讓他們成為黑暗的一部份。

# 〈求教〉

■向明

　　一隻逗點大的小螞蟻對著一隻體型比它大百倍的蟑螂說：「我來跟你學倒立好不好？或者你教我如何能快速逃生。」蟑螂剛剛撿到自小民嘴邊掉下來的一小塊餅屑，正手忙腳亂的忙得不可開交，沒空答腔。只好用平時難得張開的翅膀抖了抖，暗示飛起來逃走不是更快嗎！小螞蟻回頭看了看那一行跟在後面而來的同伴，知道它們這一伙都沒那種飛起來的能耐，不再啃聲的繼續走它們永遠也未知的盲目行程。

註：應臺北國際詩歌節，邀去報告秀陶散文詩的成就後，仿學秀陶的散文詩一首，以示學習心得。

## 〈被愛著〉

■朱天

看著翅膀、看著飛，整顆心碎碎
瀑布般激動⋯⋯走了很久還要繼
續，直到蝶吻花蜜世界踩裂甲殼
大地擁抱，檢查眼淚是否打包，
情緒的電池應暫時拆卸（未來是
島，時光如海龜，方向總會被孵
化）呼喚始終屬於自己的座位：
天空啟航，我，安睡

## 〈回聲般傾訴〉

■朱天

暮海生彩虹。

熱帶伸出雙臂擁抱陽光，天空藍得如同所有幽暗都順著古早
古早以前便往東南飛去的孔雀尾翎鳴叫之方向逃竄；當烏雲
一再降臨心底的海蝕地形：你說我沒犯錯只是比較衰。。。
吃掉花草吞下石階咀嚼山丘後才發現，時間最營養──把自
己壓縮成再也不看的相片，把風景建築成足以容納良心的詩
你問，為什麼雲間會垂下七色筆觸溫柔撫過黝黑礁岩，我說
一切悲哀都值得安慰；儘管人生規劃就如牛排費心烹調卻在
送餐過程中迷路直到盤面肉塊宣布罷工重新奔向星光吻過的
草叢，直到眼珠的視野低於露珠，直到千億年末群星塌陷後
我們也追不上最初的爆炸爆炸之上的聲響！有你才有我……
虹彩生海暮。

## 〈靈飛經〉

■李瑞騰

　　老師您汗滿藍衫您累了忍耐些等一下便來秋風那時我們又可趕路您看前方便是昔日您走過的石橋您看河畔盡是您喜愛的垂柳和黃色菊花過了橋更是黃菊連天我們可以在花叢中搭起帳篷且住為佳往後的清晨我們打太極拳讀十八家詩鈔批點文心還有臨你最最喜愛的靈飛經

　　老師我們已到了石橋這是您昔日倚過的欄干且讓我吟詩當扇扇您的火氣到八千里外的長干：

　　「忽失雙杖兮吾將曷從……」

　　老師來了陣陣秋風花叢中飛出葉葉靈飛經舞秋空的靈飛經葉葉飛上您的胸襟飛進您深邃的瞳孔中飛飛飛

　　唉唉老師我們還是趕緊走吧


附記：
◇「靈飛經」為道藏中經名，唐代鐘紹京節錄書為「靈飛經帖，沉著道正。傳有滋惠堂刻本。
◇詩中「忽失雙杖兮吾將曷從……」引自杜甫「桃竹杖引贈章留後」一詩。
◇此詩為護送張師立齋師至榮總急診歸後所作，時1976年12月4日。1977年元旦改正。

## 〈髮〉──贈商禽

■李瑞騰


　　為了要編結你的髮辮，我急急從遠古的蠻荒奔奔向你
的小屋。彼時你竟然，在小屋用髮行走，而且含笑。而後
你的髮憤怒起來，一根根飛出門外，佈滿整個天空。於是
你開始用手撕裂自己的衣裳，以及皮膚，以及白而且冷的
骨架，拋向沒有絲毫空隙的天空。

　　於是真的是輪到所謂「存在」了。因你的小屋已剩下
我焦慮的眼珠以及你留下的嗶叫聲以及一灘多色澤的血液。

　　我便記取在夢或者黎明，初次的會晤就討論起髮的族類。


　　「它的祖先曾是征服四夷的唐朝。」
　　「你是說我們該有一條洶湧而且恆不污濁的黃河？」
　　「也許我們必須在門或者天空寫下一些詩句。」
　　「不，寫在樹的年輪上。」
　　「那麼我們的版稅呢？」
　　「唉，交給歷史吧。」


　　於是我總算是相信了：要編結你的髮辮是多麼困難啊。

# 〈絃樂社音樂演奏會偶記〉

■ 李飛鵬


　　為了讓醫學大學的學生學會如何在魚陣中一起漂遊，在鳥陣中一起鼓翅，辦了這場開春的音樂演奏會。

　　指揮彷彿在指揮赤壁之戰，站在指揮臺上，舞動軍旗。大提琴被幾十隻小提琴圍著，小提琴橫斜，大提琴直立。動來動去的十字，如魚陣、大燕陣，忽東忽西，忽南忽北；聲音如細雨、陣雨、滂沱的大雨，自四方來。

　　藍襯衫的法國人抱著一隻黃金大蝸牛，吹法國號;；我們的內耳則有兩隻傾聽聲音的小蝸牛，潛伏著。

　　良辰未必有佳期，突然，有老人猛烈的咳嗽聲，有小兒的哭聲接連響起，如裸奔者一齊穿過正在足球比賽的球場。指揮一定聽到了，仍鎮靜地帶著大家繼續表演這春天的交響樂。

　　多麼希望在安安靜靜中順利表演完啊！其實咳嗽一下也不會怎樣，老人家嘛！把痰咳出來很不得已，就當作春遊中遇雨,鞋子沾了一些泥，洗完澡依然清爽；小兒哭了，也是沒關係，帶出去就好。

　　指揮順勢突然翻開樂譜，左手咻出去一隻鳥，咻！咻！咻！幾十隻鳥一下就陸續飛完了，而瞬間收音。那千

種萬種的拍翅聲如滿天齊放的風箏，一下子散失光了，亦
如短暫的火燭通通瞬間熄滅。然後掌聲響起，嘩啦嘩啦下
起驟雨，一波又一波，無法停歇；卻沒有安可。

　今晚的心情與回憶一起春日郊遊，卻被大雨徹底淋濕
攪亂，一下子又被烈日曬乾，恢復正常，正如我們師生一
齊歷經泰山崩裂於前，而色不變。

## 〈餘生〉

■郭至卿

靜止的時間，網狀蔓延。

少婦用力把時間縮小、再縮小，直到把它們塞進每個房間的時鐘裡，任兩支針重疊、交叉、垂直再重新旋轉。自他離開後，除了新年、中秋節按時闖進來外，分針和時針成了屋裡自由走動的人，接手看管煮水壺何時嗶嗶響。鄰居夫妻的吵架聲，聽起來格外悅耳。

電視機是二十四小時的管家。扭開它就是另一個大門，它全天候將日常放進她的作息。負責將食物送進她的胃，將新聞夾進她的眼框，並將音樂灌進她的耳朵。她需要進入不同身體才能和時間互動。電視機想，她要走進哪一齣連續劇，住進哪一個角色，才能打開生鏽的開關，點燃她一汪眼睛裡的長詩。

他的照片從牆壁深處顫抖地撲向地面，她一怔，看到地上玻璃裂痕間，驚恐的她臉旁垂下一頭白髮。

## 〈膨脹的風〉

■郭至卿

　　他把驕傲丟在地圖上，畏縮的子彈逃到森林裡，顏色慌張，無法變裝成樹上的菓子。我們看到衛星圖上，那一窪一窪尷尬的面容。他把憤怒摔在地圖上，砲彈逃跑，升起的煙硝與他的鼻孔一樣高。我們看到衛星圖上，隆起鮮紅色的意象派畫。他把祭壇疊在地圖上，殘壁和斷肢鋪成供桌，豐富的祭品膨脹他頭顱內的信仰，我們看到他一付空皮囊中，吹出一陣冷風。

　　孩子們的布偶走失在瓦堆，母親來不及帶走的食物，留在沒有房屋的地址，父親訣別襁褓為明天開路。我不知道春天開在哪裡？風漲紅了臉，沒有回答。只見遙遠的北極卸下冰架，安撫燙傷。

## 〈松鼠〉

■ 陳政彥

　　倒吊在電線杆上，毛皮還冒著煙的，平凡而無知的生命，眼睛發楞盯著永遠到不了的地面，微張的嘴露著健康白牙。

　　沒有從父母處學習過在充滿惡意的文明世界中生存的SOP，無法分別春天的苦棟嫩枝與高壓電線的微涼之差別，松鼠腦中最後一刻停留的是快感，無法區分是電流還是死亡造成。

　　在馬路上被路殺的松鼠，被警棍擊暈後被帶走就消失了的松鼠，被自殺的松鼠，被監禁的松鼠，失去身體自主權被任意性交的松鼠，在戰場上被砲擊、槍殺、瓦礫擠壓、飢餓失溫的成千上萬松鼠。

　　成千上萬雙眼睛永遠盯著，嚮往卻永遠到達不了的青草地。

# 〈舔〉

■陳政彥

遺失了舌頭的我仍然能夠適當地存活，咀嚼時，鼻腔仍然能代替舌頭體驗各種滋味，香腸搭配蒜片，臭豆腐鑲嵌著泡菜，沒問題。

僅僅出自好奇，或者開口笑不夠美觀的理由，我開始找尋遺失的舌頭。終於在政論節目現場找到倦極已疲的它。聽著它不可思議的旅程，曾被供奉在廟堂上，也曾將黑夜粉刷成白天，口水之充沛既被大眾厭惡，也有秘密粉絲崇拜。

婉拒了回家邀請的它，轉身離去的背影如此堅定無懼，像動作片主角的最後一幕，而我竟暗中忌妒起它來。

# 〈烏克蘭仍在〉

■ 陳徵蔚

　　藍天下，黃土上，坦克碾碎了盛開的太陽花。白雪飄落，厚厚織成了一整片無垠的屍布，覆蓋著平民與戰士的憂傷。哥薩克，不該是自由的嗎？為何卻總是在奴役中戰鬥、在壓迫下呻吟？

　　不知通往生或死的人道走廊，那穿越時空的奈何橋上，蒼白空洞的遊魂，悽惶飄蕩在認同模糊的陰陽邊界。下一站，是北約、歐盟，還是俄羅斯？苦難與流離，是唯一明確的答案。

　　失卻貞操的基輔，瑟縮在廢墟中，零下三度的眼淚，凝結成冰封的國土。莫斯科如此疲軟，無力再勃起，只好伸出已上膛的中指，蠻橫探入乾涸的頓巴斯。

　　如此猥褻啊！鮮花般的胴體赤裸裸淌著血，癱軟在二月的雪地。歐洲各國睜大眼，摀住口，集體旁觀這場玷污。他們長期吸吮俄羅斯黝黑的精液，嗅聞東來的紫氣，早已成為鎖鍊下的禁臠。國際制裁，是稍減罪惡感的麻醉劑。而飄揚的星條旗太遙遠，充其量只是一片褪色的遮羞布。

　　白磷彈劃破夜空，燃燒布查市民的靈魂。手無寸鐵的人肉盾牌、婦女與孤兒，都是獨裁者與政客之間的籌碼。

和談，遙遙無期啊！各國支援軍武與物資，但是仗還是要
自己打。聖索菲亞大教堂，俯視著廝殺與流亡。

　　鋼鐵，或許就是這樣煉成的吧？在黑色極權與紅色鮮
血的交會處，烏克蘭仍在。強權與弱者並不是判定勝敗的
關鍵，意志力，將人民連結在一起。侵略者或許終將如朝
陽下的露珠，隨風消翳。只是那殘破的家園，為什麼如此
遙遠？

註：烏克蘭古以哥薩克騎兵聞名，「哥薩克」為突厥語「自由人」與
　　「自由戰士」之義。烏克蘭國花為向日葵，國歌是「烏克蘭仍在
　　人間」（亦名「烏克蘭尚未毀滅」），其中有句歌詞「我們的敵
　　人將會消失，像朝陽下的露珠」，正是今日烏克蘭抵抗侵略的寫
　　照。烏克蘭國旗由上藍下黃雙色長條構成。而《鋼鐵是怎樣煉成
　　的》是一部以蘇聯時期烏克蘭為背景的長篇小說。這本小說影響
　　深遠，莫斯科的「保爾·科察金大街」就是以主角命名。烏克蘭第
　　聶伯羅原本也有科察金大街，然於2016年「去共產主義運動」時
　　更名。烏克蘭於1991年公投脫離蘇聯獨立。2022年2月24日，俄羅斯
　　以「非軍事化、去納粹化」入侵烏克蘭，造成百萬平民流離失所。

## 〈平行宇宙〉

■ 陳徵蔚

　　億萬年來，在提塔利克魚上岸的地方，地球的脈膊，那雪白的飛沫拍打岸際，一波接一波，與陸地共生呼吸。

　　踏浪、入水。戴上面鏡，輕咬調節器，身負壓縮成兩百倍的生命重量，緩緩將空氣洩去，進入無重力的湛藍。

　　頓時，所有喧囂嘈雜，都化為規律的氣泡聲，包裹著煩惱遠離。相同的日與月，卻有著不一樣的天空。兩個平行宇宙，如鏡面反射，共存，卻如此不同。

　　媽祖出生的前後幾個夜晚，全世界的珊瑚，都釋放出萬點繁星，隨著波浪，熠熠流轉，一整片流動的星空。每一顆星，都蘊藏了一個熱帶雨林，終有一天將成長出堅硬的骨骼，捍衛無數顏色繽紛的生命。

　　關上電筒，輕揮雙手，水波流過指間，化為紛紛飛舞的藍色星芒。淡海櫛水母跑馬燈的七彩螢光，夢般輪轉。近乎透明的小魚，一口吞下了全宇宙的星光，然後冷不防吐出，梵谷畫裡，藍色流雲迴旋的天空。

　　渾沌無邊的黑暗，自太易、太初、太始而太素。驀然間，道道光束劃破闇黑，人說，要有光，就有了光。這並非是乾坤滾動，化分陰陽；而是陸地那些高智慧靈長類，

燃燒化石能量，煮沸海洋。

　　提塔利克魚上岸的所在，也是巴基鯨歸返的地方。前者站立，走向了各大洲，而後者的雙腿化為鯨豚的尾片，游向地球深處。

　　然而，這兩條截然相反的路線啊！卻終究引領至彼此鏡中的倒影，平行的宇宙，共生依存，一方瓦解，另一方也將同時崩壞。

　　而來自海洋的，卻為何不斷傷害海洋？

註：珊瑚礁生態系被喻為海中的熱帶雨林，孕育並保護無數海洋生物，但在溫室效應，海水升溫後，大規模白化。每年媽祖生日前後，珊瑚會在入夜後同步產卵，為潛水界盛事，每晚都有千百人入水爭睹，從水面上看，海底的手電筒光，恍如夜店，其中有不少經驗不足的潛水員，因而揚沙覆蓋，或踢斷珊瑚。其實，如同陸地有螢火蟲，海裡也有許多具「生物發光性」的物種，例如藍眼淚、各種水母、花枝、以及許多小型魚。海洋是生命的發源地，提塔利克魚是海洋生物走向陸地的先趨，也被推論為人類的遠祖。而鯨豚類原本是陸地哺乳類，最早從陸地回歸海洋的，是巴基鯨。海洋與陸地，其實如鏡面投射的平行宇宙，且彼此影響。

## 〈奔馳〉

■曾美玲

　　日光傾斜的冬日午後，和漸漸告別記憶，八十八歲的爸爸打撈童年往事。問他是否養過寵物？「小時候養過一匹馬」爸爸回憶：「身經百戰，光榮退役的戰馬。」爸爸的眼睛自睡夢中甦醒，閃爍著星星亮光、草原遼闊的夢，飛躍著愛馬奔騰的英姿。「妳阿公找人蓋了一間馬廄，有兩個房間，我和馬朝夕相處。」

　　「有時，你阿公騎馬巡田，好久才巡完一大圈。黃昏，我騎著馬到學校，繞操場幾圈。」鮮明看見，爸爸瞬間變回成天追趕夢想的小男孩，奮力騎向未知的遠方；圍觀的夕陽、蝴蝶和風聲，跟著繞行操場，不停奔跑。

　　忽然瞥見，爸爸思念的眼睛裡，童年那匹心愛的馬，踩著比風輕快的腳步，從破曉出發，重返綠草歡唱的操場，巡禮稻穗金黃的詩篇，載著一生的回憶與夢想，在無限延伸、漸漸黃昏的草原上，奔馳⋯⋯

## 〈圍牆〉

■曾美玲

　　春日午後，城市巷弄裡，偶然路過一間重新翻修，日式老宅，用黑白琴鍵打造的圍牆，立刻吸引旅人趕路的眼睛。

　　叮叮咚咚，叮咚叮咚叮咚，琴鍵高低起落；跳躍著童年，單純透明的快樂音符；飛舞著少年維特，強說愁的灰色詩句；墜落哀樂中年，鹹澀汗水悲愴的淚；最後一章，命運交響曲沉沉奏響，咚咚咚咚！咚咚咚咚！沉痛叩問人生旅途，看得見和看不見的艱難苦恨！

　　春日午後，旅人和貼身影子都放慢腳步，耳朵叮咚著，牆裡牆外，一代代真實又虛幻，光陰的故事。

## 〈2018月全食／火星大衝〉

■ 黃里

　　在極黝黑且無邊無際的桌布上，緩緩升起一顆又大又圓的粉橙色蘋果梨。拿來一支與蘋果梨弧線一樣銳利的水果刀，一口一口慢慢地切下來吃（大約吃了三小時又九分鐘）。剛過大暑後的夜風仍十分冷涼，桌布下的世界闐寂安詳。

　　蘋果梨的滋味特別多汁又香甜，一旁的火星看了直流口水：「到底是像蘋果還是像梨？」正當我心滿意足吃下最後一口時，宇宙頓然不知所措，世界停止了運轉。火星號啕大哭：「你把她全部吃完了！」有史以來最高分貝的音量。我只好緩緩地將一邊燦笑一邊露臉的蘋果梨又再吐出（大概也是吐了三小時又九分鐘），吐完後天色已非常明亮。

# 〈在被窩裡流出的眼淚〉

■黃里

　　他在被窩裡抱著正在消失的她，深情款款地訴說著和魔術師一樣但早已夭折的童年，只當右手撫摸過她光滑的身軀時才能確定她的存在。四條腿交纏柔卷如金魚漂游的尾巴，模糊了魔術師的雙眼，一雙能看見消失但看不見現實的眼。

　　「我說一個故事給妳聽。」他的左手開始在她灰白的頭頂上施展魔法，並且將她摟得更緊，好讓銀亮的髮絲在耳朵裡能擠出一些清醒。

　　「嗯，嗯……。啊，啊？然後呢……？」肩頭開始下沉的她原本不想翻扯夜幕籠罩的黑布，不願讓身體的線條再次顯現。

　　「哇……！哇……！最後那魔術師是這樣寫的：特莉莎的嘴唇像融化的冰，像透明金魚消失在地面。哇……！」他突然啜泣，在被窩裡流出的眼淚彷彿想搶救那一隻金魚。

　　「傻瓜。」她說完掀開棉被起床，棉被裡許多白鴿就紛紛飛了出來……。

註：讀吳明益《天橋上的魔術師》〈金魚〉後有感。

## 〈看夜景〉

■楊宗翰

　　妳說要看夜景──一滴早熟的露珠從耳膜滑入胃壁，是快樂的螢火蟲？

　　看夜景，妳說。好，在山上，我們熟悉的一隅。

　　──是的，我發誓：在你眨眼的剎那，這座道貌岸然的城市迴身扮了一個好醜的鬼臉。妳直說不信不信不相信，但我，發誓，再次發誓，在妳眨眼的剎那……

　　是的，我發誓：我確實見到整片乾斃的燈海車河、駢散有序的群墳列隊高歌、死者替生靈塗抹層層彌撒面霜……這荒言錯語拼夜添畫的，剎那。

　　妳索性閉上耳朵嘴巴眼睛，在那無表情的臉上，我終是發現：夜景的一部份，妳。（如斯緊貼，我的胃壁。）

## 〈吊鐘〉

■楊宗翰

　　牆上有一個吊鐘，蝙蝠色的，他的俯視如凌厲的嚎叫時常溶解我的自尊，像雨水和巧克力房屋的的殘酷對話。

　　弟弟告訴我他想逃家，我說：「去問它吧。」他向它伸出纖弱的右手，用手掌全部的愛索求一個溫暖的回應，它卻答以規律的步伐。我忽然發現群星隱隱分部在鐘面的各處，像一場化裝舞會後凌亂的餐盤默默等待被收拾的一刻。

　　望著人類的永恆管家，明白我的生命正在滴答的聲音隙縫中緩緩磨損。欲得知自己最後的刻度，唯有親近死亡。

　　「別難過，」我平靜地告訴傷心的弟弟：「沒有人能夠真正逃家，從來沒有。有種迷宮連它的創造者也未能成功走出來。」望著牆上的吊鐘，我為它永遠無法得知自己的刻度而深感悲憫。

## 〈牆面・面具〉

■ 解昆樺

　　就只是把面具，掛在牆上。我感覺牆面，擁有了身體。

　　牆面：我有了身體？

　　面具：是我給你，我的身體。

　　牆面：如果風吹走你？我會失去身體？能重新擁有全然的自己嗎？

　　聽到牆面的回問，我惱怒自己被剝奪了曾虛妄有之的造物主位置。

　　我拿起槌與釘，奮力在牆面上鑿出兩個洞。

　　牆面受傷了，牆面在我電光火石間的釘槌中，哀嚎。

　　牆面就要成為一個面具，我要讓整個世界，戴上。

　　「黑黑黑黑黑黑黑黑……」

　　「黑黑白黑黑白黑黑……」

　　「嘿嘿嘿嘿嘿嘿嘿嘿……」

　　一切的抗辯，我恍若未聞……我只喃喃說，我從沒給牆面這面具，鑿出嘴巴。

## 〈父親的火舌〉

■解昆樺

這是法師對父親最後的召喚，經文的最後，金爐浮泛起火舌。

骨都火化成灰，走過幾層地獄了，遊過幾百里西天，現在還要重起火勢，速速回返，善盡合爐的責任。

火舌翻攪，另一群海難中汪洋伸出的張揚手臂。

我折起一張張金紙，餵養火舌，鼓舞火勢，鼓舞手臂，從船難爬出完整的人群。

我要相信這是父親最後的舌頭，另一份會吐露遺言的遺物。語言是煙，語言將是焰影後的灰爐。這裡有一位被火舌重述過，我另一位善於言談的父親。

「火舌，不過是手語。」我盡責的耳朵，跟我說，扭轉我想要的現實。

「你折金紙的手勢，也不過是另一場無語的手語。」我的耳朵又說。

搗住雙耳，我請耳朵住口。對著火爐內漸次頹唐的火舌，將息止的海浪，我終究仍無法伸手，去接話。

# 〈魚。腥〉

■寧靜海

　　天空一翻出魚肚白，市場各個攤位的叫賣聲如浪湧動，各種氣味明來暗去相互較量。市場的末端有個專門賣魚的攤位，魚販總是露出兩隻結實的胳膊，即便攤子位處較偏，也不難尋找。「魚來了」，微暗的環境也難掩牠的翩翩丰采，斑斕的魚鱗像是自帶光環，躋身在魚群裡反而襯托出牠的俊美，燈光下折射出七彩的色澤，向靠過來的她投以曖昧的眼神，她毫不猶豫從成堆的魚貨裡指出牠。

　　魚販瞅了她一眼，伸手輕輕托住牠的魚身，熟練地揮舞他的生財工具，牠睜大了雙眼，目睹一抹刀光直指牠而來，一陣天旋地轉，最引以為傲的七彩鱗片飛濺起來，與嘩嘩的水花交融一片奏鳴。煞時，牠的半個魚身已褪得乾淨，緊接著劇烈的痛楚欺身而上，牠下意識扭動幾次赤裸的身體，疼痛開始轉為興奮，掏空的腹肚顯得格外飢渴。

　　酒香在濕熱的空間蒸騰著，霧化的空氣瀰漫開來，彷彿是夢境，在最後一次疼痛的衝擊提醒牠「這不是夢」，牠如願得償此生最大的歡愉，就像被救贖一般，「真的要死了」，呻吟聲汗涔涔地融入潮濕的空氣，直到沒再悶哼半點聲響。

　　她關掉了爐火，一個露出胳膊的身影溜出廚房以及她的禁地，殘餘的腥膩使她本能一陣作嘔，她摀著嘴衝進廁所，抱著馬桶吐出昨夜被強行留下的腥羶。

# 〈帶我走〉

■ 寧靜海

　　義大利的時間屬於咖啡的，一呼一吸都帶著烘焙的愛撫，逗引嗅覺的慾和齒頰的渴。咖啡館興然林立的義大利街頭高舉霓虹燈，催促月光點燃夜色，撬開窗戶，翻進屋內……

　　「快看看，我買到了什麼？」，閨蜜毫不避諱直闖她入住的飯店客房，沒等她反應過來，一塊提拉米蘇和一杯熱黑咖啡已端到她面前。身為閨蜜果然無法坐視她眼底的光暗下來，也要設法彌補白天的空缺，買到讓她最鍾愛的提拉米蘇。

　　層層疊疊的提拉米蘇與咖啡在口腔裡華麗變身，沁甜酒香享受咖啡的環抱，苦中甜，甜中苦，融合成她臉上的兩只梨渦，味蕾的記憶鏈重新接上……

　　那年，她與閨蜜相識同學婚禮上，初始的兩個人互看不順眼，卻意外共同經歷一場生死交關而結為異性閨蜜。兩人始終維持所謂戀人未滿，閨蜜友達的關係，直到兩者之間的湖多了不一樣的漣漪，但不願見餘波擾亂，只能小心再小心捧著、護著。

「Please take me away.」，是結帳時店員指著糕點說的。「我願意」，閨蜜給了她深深的一吻，從此兩個人不再是閨蜜。

註：提拉米蘇（Tiramisù），來自義大利的經典傳統甜點，背後有著浪漫的故事。中世紀一個義大利士兵要出征前，家裡剩下可吃的東西不多，他的愛妻給他準備食物，把家裡剩下來能吃的材料全部做進一個蛋糕裡，丈夫問她，這個甜點叫什麼名子，妻子就跟他說，這個蛋糕叫做提拉米蘇，意思即是「請帶我走」。

## 〈把耳朵叫醒〉

*寧靜海*

聽！五月又來敲窗，驚得屋外那棵老梅樹落果了⋯⋯

這時節，雨日日喝到酩酊大醉，失心瘋似的憤怒，震耳的咆哮，繼而霸凌沉默的山。

山繃不住了，嘔出滿腹委屈，不入流的土石傾巢而出，每一片泥濘都是肝腸，每一條泥流皆是無以名狀。散落的雨踩著骨折的山路穿過林木，挾持唏噓的風聲竄入奔逃的人群⋯⋯

時間開始慢下來，每天的每天，雨反覆說著相同的話，隔著窗、隔著門說予屋內一雙流淚的鞋。

五月的雨賴著不走，青黃的梅果滿地打滾，無人撿拾。

## 〈親密敵人〉

■漫漁

不知是誰先突然安靜下來。

沈默，在空氣中結了朵烏雲。雨，要落不落的，委屈地懸吊。

所有的音節如閃電亂擊，偶有交會的那刻，粉碎了一只咖啡杯。惡意的語詞在腹中雷聲隆隆，震裂了桌上的瓷花瓶，密度過大的情緒四濺，他的，和她的。

陰沈的眉頭，下撇的嘴角，恰好形成一座固執的日晷。太陽決定撤退，影子偏要釘在原地，先移動的就得道歉。

剛睡醒的貓爪慵懶拉下夜幕，路燈探頭進窗瞥了一眼，為百般無趣的日常打卡。

走到無可走的一步，時針和分針只好牽手，將彼此的關係回到原廠設定。

床頭的夢們各自醒著。

## 〈一個和溫度無關的故事〉

■漫漁


　　離天空越來越遠，冰山煩躁起來，一股暗潮攪動海底心事，「這裡不能再留了！」魚群套上覬覦許久的皮相，加入岸上其他的冷血生物。

　　擁擠的城，是面無表情的玻璃缸，任外面風景變換，來往的肩頭摩擦不出體溫，暖和不了一個個孤單的牆角。

　　天空不回來了，偽裝成陸地的海洋，因為過於悲傷而變形，腫脹。撕裂的城市一角，散落著許多放棄行走的腳印。

　　魚群最終都沒能回到大海，一尾一尾的滅頂，如冰山的角，淹沒在嘆息中。

# 〈紫藤〉

■蕓朵

人們都說她好看。

像長在山間的姑娘，青春暈染的歲月，在春夏間綻放。粉白的，紫的，淡色透明的紅，掛在強而有彈力的枝椏間，一串一串如下垂的髮。

那是她曾經立下的誓言，開放在人間的時節，讓人們想起過去，想起老而枯瘦的歷史，想起四合院裡誰曾經的風華誰曾經的花臉誰曾經的蒼白。

她說，最美的時候用來迷惑世間，一季毒藥分染了眼神，分不清黑與白的時候，最好的結局就是遺忘。

如同現在，你站在樹下，忘了自己是誰，忘了前塵往事，忘了誰的名字，在一片紫中。

# 〈藏〉

■藥朵

　　如一滴蒸發的水，他切開自己，躲進人群，像分解的水分子散佈空間。

　　那是他的思考。他的心事，他的苦，他的悲，他的一生。

　　把自己模糊成夜色，他想，悄然躲進落葉紛紛時的某一張乾枯的臉中，貼立成一道小小的傷疤，沿著皺紋畫著彎彎曲曲的線條。藏在芸芸眾生中，久了那張普通的臉也將成為最普通的日夜。

　　喧囂環繞著，像尖聲叫出的劍鋒，直叩著門，沙啞的婆婆歲月建造出舞臺，把恩怨洗成簾幕，垂掛在你必經的路上，總是弄出些動靜，好讓風有點凌亂，人影有些飄盪，愛與恨編成劇本，鋪陳著一齣又一齣，戲中的人跳舞跳的歡，鬧騰鬧得開心，紅紅綠綠色彩繽紛，總在燈光下重重疊疊，自我歡喜。

　　他沉默，轉身離去，安靜深層的土裡，埋著屬於他的劇本。

　　無關哲學問題，只是更深的深處無法言說的一粒不存在的芥子。

# 〈聖人一再回頭〉

■ 蕭 蕭

## （一）仲尼回頭

走過曲阜斜坡，仲尼曾經三次回頭，一次為顏淵、子路、曾參、宰我，一次為孔鯉、孔伋，另一次為門口那棵蒼勁的古柏。

走過魯國開闊的平疇，仲尼只回了兩次頭，一次為遍地青柯不再翠綠，遍地麥穗不再黃熟，一次為東逝的流水從來不知回頭而回頭，回頭止住那一顆忍不住的淚沿頰邊而流。

走過人生仄徑時，仲尼曾經最後一次回頭，看天邊那個仁字還有哪個人在左邊撐天上的那一橫地上的那一橫，留個寬廣任人行走。

### （二）母親回頭

　　母親的身影，在山與山的峰谷之間，穿梭，在浪與浪的這一秒下一秒之際，穿梭，在艱辛與苦難的隙縫裡，穿梭。

　　穿梭在山峰山谷之間

　　織起兒女唇邊的酒渦，自己指間無法剝離的厚繭

　　穿梭在浪起浪落之際

　　織起兒女臉上的花朵，讓自己額際的魚尾紋失憶

　　穿梭在艱辛與艱辛的刀尖，苦難與苦難的隙縫

　　織起兒女生命中牢靠的繩索，自己筋骨裡的痠痛

　　母親的身影，帶著花的芬芳，在溫煦的春息中綻放，在太陽的光熱裡躍動。要用整顆心貼近，要用全生命熨燙，要用完整的一首詩比擬呵！母親回頭的身影。

## 〈西螺大橋下〉

■蕭蕭

　　每一折流水，或清或濁，會在橋下打個小結，再奔向遠方大海的懷抱，那旁邊總有等待足跡來踩踏的長長的平沙。

　　這裡，千百年來沒有準備古道，也沒有負荷八方風雨、五蔭重量的瘦馬，只有番薯藤、花生藤、西瓜藤。他們清楚：再多的、再細密的藤，繫也繫不住夕陽

　　沉沉　　沉入西方的家

　　人生那裡不是驛站？處處叫回舊日情傷，卻也處處叫不回：

　　可以依傍、可以棲遲的迴廊

# 〈空物替代〉

■ 離畢華

　　茶几也太窄小，原本只擺了盆花，後來加上零什之物，快佔滿半桌，再加上咖啡機，便挪不出位置多擺一隻杯子。

　　他原先有一隻明清時期的骨董箱子，說是要搬過來「添妝」，啐了他一句沒有空間讓你擺。我這兒一顆小小的心怎就容得他一八三的個兒？他硬是擠進來。

　　茶几上多了一隻咖啡杯，兩人幾乎頭碰頭的用眉眼聊著昨晚那本夜未央。

　　如今又空出一顆心來。那隻櫃子和一些零什之物好像用立可白塗去，雖然不見實體之物，但視錯覺裡彷彿還留著無法清除乾淨的殘影。這時才發現茶几變得清爽許多，咖啡豆也僅留不足一杯十二公克的量。倒有幾包應付外出時飲用的耳掛，當初千挑萬選如此百般如此無奈的決定這些替代品，他卻認為有味津津，那就沖上一杯吧。這時才發現他錯拿了我的不鏽鋼鍍銀注水壺，把自己的法國名牌搪瓷壺留下了。

　　亮橘色的搪瓷壺很是搶眼且也耐看，就是擺在茶櫃裡裝飾裝飾，好看。像他一般磕碰不得，磕了碰了就瓷裂心

碎，很難補救。替代用的耳掛式咖啡包沖泡出來的滋味果然無甚風味，想來習慣了的器官感覺原來是那麼不容易找到能滿足從前昔時的替代物。

# 〈春上弦〉

■ 離畢華

　　不及註記名稱，半掩的門上，房間的號碼。前一個房客搬離的日期是淹漫在毫不相干的記憶裡暈開的眼影。換上自己的門號，思考著要不要註記自己的姓氏，畢竟，自己會待留多久、能夠有多少時間將一個沒有表情的空間布置成一個像是家的住居樣式，讓僅有的兩個眼窗能透進些許光來，即便生出更多的曖昧暗晦也可以有充足的遐思生成，那些遐思盡是不切實際的沉迷，察覺這種沉迷是一種陷溺，其實心知肚明，沒有浪費多少時間。

　　窗洞懸在十三樓高，探不到街景，反倒讓隕石切磋眼睛裡的箭簇，飄散的星屑像音符一般浮動在窗簾、在桌巾、在春衫和冬衣，唯獨不將冷若地窖的臥室的枕頭的被單的床褥也撒上一屑屑。

　　反倒是冷了的那杯咖啡，略略浮著油光的表面泛著偷窺的眸光。他放下咖啡杯，說，冷了。你不說我也知道早冷了。握著杯體的手比你的冷更冷。

　　推開窗，幾丈深的的地方傳來如水流之車和如龍之馬的市聲，隱隱約像是破碎的音節，才知道夜以如此的夜了。今夕何夕，為何似乎稍稍踮一下腳尖就可觸及的天幕上沒有

半顆星星，只有一弦春月，貼上去似的發著淡淡愁思的光。

　　切割無光之鏡，靜的宇宙裡充滿靈動的元素，你以為是花粉之氣、誤以為是中南美稀少的雨量撒在製燒大地的泥味、又舔到果核果肉分離時流下的眼淚、更有鮮艷羽色的鳥類飛動時的體味，甚至，兩蛇在園裡交媾的發出的氣息，不過都是一朵月花，而已。

　　當眼睛限制想像，闔上的殘影裡有多少春華綺麗、春光浪漫，張開眼睛，滿眼殘敗的現實，反射腦波亂碼，讓人失去憑仗，錯亂在溫度的序列，於是被稱作春季。這就是才子佳人所期待的春時嗎？

　　不止是明亮可以代言活體的呼吸，證明行屍走肉也好歹算是活著。他關上門前，回頭若有所思地端詳了一會兒門牌上的字體和他畫下的兩顆紅心，然後臉上不有安裝任何表情的闔上門。魅暗也能引動星子的定位，不過就是世界末日而已，解體的宇宙和星系中會重新組構，第一天創造了光，第二天造空氣和水，第三天造陸地、海和各類植物，第四天造日、月、星辰和定畫夜、節令、日子和年歲，第五天造各類動物，第六天上帝按著他的形象造人，

第七天創造工作完畢，我必須要歇息了，然後，還有無法
識見的風，指示雲的舵位，重新向無垠的氣層出發，因此
發亮，作為一粒天河的球體，半圓之內再又會尋找到一顆
有生物的發光體，然後和萬物一起繁殖，這時，上弦。

## 〈石頭的身世〉

■蘇紹連

　　回到我少年時期的夢裡，那是一條很寬的河，我沉入，潛匿水草之間，忖度著永遠不再浮出的我是否會被青苔裹身，是否從此不再眨動眼瞼，而成為一隻怪胎的鱷魚，僅僅注視著水面人世最冷漠的倒影。

　　可是這世界是騷動的，中年時期目睹了獵取及逃逸的場面，也於夢中連續重演，我只好由鱷魚轉變為一隻無聲無息的河馬於河水下面潛行奔離，企圖與人世永遠隔離。可是，河水退去，我露出水面時，已成為一塊在人世中沉默無語的石頭。

# 〈捕蜂捉影〉

■蘇紹連

　　三月在向日葵花田裡，你為了證明自己是冬日遺留的冷鋒，開始穿梭於花朵之間捕蜂捉影。直至太陽落入田裡之後的黃昏，你的手掌像黑夜覆蓋所有的向日葵，也覆蓋了所有的亮光和所有的笑靨。整座向日葵花田裡，蜂，無所棲息而徬徨。

　　看著失去笑靨的向日葵，我也自動成為一隻悲傷的冷蜂埋入漫長的夢中。

## 〈後現代贖罪券〉

■蘇家立

　　一群白斗篷邁出象牙塔，兔步逡巡，將雙手攤平如車軌，任由朝陽悄然進站又出站。胸前貼滿救世箚記，有青草味也有大麻香氣。斗篷下藏匿各種聲響：酒杯交錯聲如跌落屋簷的小雨、一片孤鏡持著碎片找尋泥中的枯骨、滿地灰燼它們搓著彼此。.

　　高塔外是一座一座迷宮，信徒們蒙住雙眼闊步走進，雙手被看不見的毛線綑綁，透明的線頭翹起鷹首指向天空。月光將他們曳進迷宮的核心，自此行蹤成謎，或許在明日的鳥囀迴旋，從扭曲的音符隆獲救贖，當爬到最高階時再清唱一回。

　　斗篷內不只一種步伐。象牙塔裡裝飾著過期的顏料，它們剛經歷過洪水，需要往外閒晃，作勢塗抹人生的明滅，將城市貼上多餘的漸層，再傾吐擠不出光澤的話。它們的虔誠讓人不自覺把良心插回口袋，指梢掐緊為來生提前交易的單程車票。

## 〈最壞的人〉

■蘇家立

　　在懸崖邊像一具機器守著戒條片刻不離，他不帶任何目的，只是想拉起正要跳下的人，毫無表情、手心冰冷、一條蜈蚣狀傷疤滑過眉心將臉頰劃為左右兩岸，被拉起的人不知該往哪去，把名字、怨恨和憤怒都留下了。他看了幾秒，讓風輕輕吹落谷底。

　　旁人看見倖存者返回後遺忘了一切，每天望著遠方傻笑，下巴長出毒蕈，最後被自己毒死。久而久之，他成為懸崖邊最壞的人，成為孩子睡前必聽的恐怖故事。在一個晴朗無雲的白天，一群人將他推落了山崖，陸陸續續砸下石頭，他們想像他摔落化成碎沙，每個人都不停傻笑，成為最新的勵志故事。

　　被推落的瞬間，他終於笑了，想起當年將他拉起並奪走名字和一切的手，那隻手的主人最後被他獨自推下了山崖，能將這秘密帶進深淵，他贏了崖上的所有人。

## 〈三個夢〉

■ 靈歌

　　一出生就長著光環的人，以為自己是太陽化生。揮霍不盡，彼此撕裂無限。忘了正午的太陽，日影正斜，往黑夜靠近，夜是夢魘。

　　從山野裡，將青草鋪向田園山丘，撲向城市公園，大肆綠化的莊稼，準備跳島，探索神話。他們鋪設衛星，興建航向太空的星艦，忘了星際旅行的長眠艙，往往長眠不醒。

　　大隊雙眼布滿血絲的異族施法，於日蝕之際，斬斷星鏈，讓星艦載滿沉重的夢，在太空中，永恆的飄浮。

## 〈小心願〉

■靈歌

　　她切分了屋裡屋外，裡頭的過往、現在、未來，都是敗壞。昏厥中血痕四佈如蛛網，她必須逃開，逃出屋外，並將那一堵揮拳猛擊，回彈更暴烈的牆，一舉摧毀。

　　她的貓怕生，跟著她孟母三遷。人生難，貓生也難。

　　其實，只有一個小小心願，在她三十八支蠟燭點燃時許下：「愛」。

　　愛她的人，愛她的貓，她就投入牆的懷抱。

## 【編後】
# 〈不一樣的煙火〉
## ──遇見散文詩、遇見波特萊爾

■寧靜海、漫漁

　　散文詩，讓詩的語言有了更自由的表現舞臺、更敞亮的舒展空間、更多面的情感幻想，它須要縝密的心思去架構，以散文的筆觸處理詩語言的細節，碰撞出顏色豐富的火花。法國詩人波特萊爾認為散文詩這種形式「足以適應靈魂的抒情性的動盪，夢幻的波動和意識的驚跳」，道出了散文詩的主要藝術特徵。

　　《波特萊爾，你做了什麼？──臺灣詩學散文詩選》一書名稱靈感來自第一個正式使用「小散文詩」這個名詞並採用此一體裁的散文詩鼻祖──法國詩人波特萊爾。本書區分三個專輯：輯一「彼岸‧此岸」，跨越十二年（2010~2022）囊括四屆78首「臺灣詩學詩創作獎‧散文詩獎」作品；輯二「印象‧寫實」，連續兩年（2020~2021）四個回合80首「臺灣詩學‧散文詩主題式競寫」作品；輯三「距離‧代入」，為臺灣詩學季刊雜誌社同仁44首作品。

　　從2010年臺灣詩學季刊社暨吹鼓吹詩論壇舉辦第一屆的「臺灣詩學詩創作獎」揭開以散文詩獎徵件的序幕，是為年度詩創作獎的濫觴，也是臺灣第一個以散文詩所設立的獎項。之後又分別於2018年、2020年、2022年皆以「散文詩」為年度詩創作獎為徵稿主軸，「不限主題」、「不限年齡」、「不限國籍」的「三不」徵件對象始終吸引眾多的支持和關注，如今「臺灣詩學詩創作獎」已成為詩社兩年一度的盛事。

　　除了在「臺灣詩學・吹鼓吹詩論壇」設立「散文詩」專版提供書寫的平臺，並邀請版主在每則詩作發表之後與之交流互動，一起精進詩藝。其後，臺灣詩學季刊雜誌社與吹鼓吹詩論壇也在FB建立了「facebook詩論壇」，連續於2020年、2021年推動不同於年度詩創獎的散文詩獎，採指定主題對象「主題式」的散文詩競寫，提昇一點難度，激活書寫者詩思之路。

　　臺灣詩學季刊雜誌社自創社以來一路吹鼓吹詩的多元化，隨著《波特萊爾，你做了什麼？──臺灣詩學散文詩選》一書逐漸成形有些感動，希望這樣的一本詩選專書能為參與詩創作者留下更值得珍藏的印記，無論您是作者或讀者。感謝每一位對散文詩的包容與愛護，僅以此書向所有支持臺灣詩學散文詩創作的詩友們致意，祈願──一路鼓吹、詩創不懈。

【編者簡介】

寧靜海，窩居在離海很近的地方。私以為詩需要靈魂，一種態度的表達，絕非耽美的搧情或不知所云的抽象。日常喜於透過詩的書寫與閱讀感受生活，愛自己的一切。出版過詩集，作品散見於報章詩刊，現為臺灣詩學、野薑花詩社同仁。

【編者簡介】

漫漁，臺北市人，輔仁大學畢業後赴英美研讀語言學，長居香港，斜槓的語文教師/文創小農/寫作人/貓奴。現任臺灣詩學同仁、野薑花詩社同仁及版主。曾獲第六屆臺灣詩學散文詩創作首獎、時報文學獎、臺中文學獎、乾坤詩獎等。

## 【附錄一】
## 歷屆「臺灣詩學詩創作獎・散文詩獎」徵獎

　　為推廣詩創作，帶動創作風氣，鼓勵詩創作者。2010年臺灣詩學季刊雜誌社、吹鼓吹詩論壇首度推出臺灣詩學詩創作獎——散文詩獎，引發熱烈迴響，分別於2010年、2018年、2020年，2022年皆以「散文詩」為年度詩創作獎徵稿主軸。

　　2010年第一屆臺灣詩學詩創作獎・散文詩獎——2010年1月1日起～至6月20日止，稿件共277組

　　2018年第五屆臺灣詩學詩創作獎・散文詩獎——2018年3月16日起～至5月15日止，稿件共120組。

　　2020年第六屆臺灣詩學詩創作獎・散文詩獎——2020年8月25日起～至10月15日止，稿件共80組。

　　2022年第七屆臺灣詩學詩創作獎・散文詩獎——2022年2月1日起～至3月31日止，稿件共64組。

說明：

一、徵選「散文詩」三首，不限主題，須訂題目，得為華語中文創作，每首字數含標點符號300字內（唯2018年第五屆是訂200字以內），採散文形式，可分段，

不可斷句分行，段與段之間以空一行分隔。

二、每位應徵作者限投「散文詩」作品三首，不得超過或
少於三首，並限投一次。應徵稿件得於稿末附作者本
名、出生年、電話、住址、mail信箱、學經歷、著作
等簡介。

三、一律將作品及個人資料存成一個doc檔或是docx檔，
並以自己的姓名為檔名，例如「李白稿件.doc」或
是「李白稿件.docx」。採e-mail投稿，寄至（指定電
郵）「臺灣詩學詩獎小組」收。詩獎小組依序將作品
編號，不顯示姓名及作品內容。

四、徵選給獎七名：首獎一名、優等獎一名、佳作獎五名
（唯2010年第一屆不分名次給獎五名），並頒發獎
金和獎座。若參選水準未達評選委員們多數共同之標
準，則得予從缺。

# 【附錄二】

## 歷年「臺灣詩學・散文詩主題式競寫」徵獎

2020年臺灣詩學季刊雜誌社以推廣「散文詩」為該年的文學推廣重心，在facebook詩論壇2020年、2021年連續兩年各發起兩回合的「主題式」散文詩徵件，繼續鼓動詩潮。

2020年第一回合主題「動物」散文詩競寫——2020年3月1日起～至4月30日止，稿件共242首。

2020年第二回合主題「夢」散文詩競寫——2020年6月1日起～至7月31日止，稿件共223首。

2021年第一回合主題「植物」散文詩競寫——2021年3月1日起～至4月30日止，稿件共205首。

2021年第二回合主題「新聞」散文詩競寫——2021年6月1日起～至7月31日止，稿件共90首。

說明：

一、徵求前述徵稿主題之散文詩創作，字數需在300字以內，段數在4段以內，並要加標點符號，不能斷句分行，亦即不能有分行詩和圖象詩的形式。文字請用華文書寫，華語、臺語、客語不拘，文末請註明是用何

種語言，語言混搭亦可。不限投稿次數。

二、在facebook詩論壇社團，投稿方式為直接貼於散文
詩主題徵稿活動下方的留言欄，接續流水編號發表
（001~）。其形式需置流水編號＋【散文詩競寫】
一詞於題前，詩題後並另加作者發表筆名。

三、選出十名優勝、十名佳作，優勝作品可獲得獎金，境
外投稿者改以相當金額之近三年臺灣詩學於秀威資訊
出版之詩集（含吹鼓吹詩人叢書）、截句集、詩論集
替代獎金。佳作作品可任選三本近三年臺灣詩學於秀
威資訊出版之叢書。

語言文學類　臺灣詩學散文詩叢1　PG2836

# 波特萊爾，你做了什麼？
## ——臺灣詩學散文詩選

主　　編 / 寧靜海、漫漁
責任編輯 / 石書豪
圖文排版 / 黃莉珊
封面設計 / 吳咏潔

發 行 人 / 宋政坤
法律顧問 / 毛國樑　律師
出版發行 / 秀威資訊科技股份有限公司
　　　　　114台北市內湖區瑞光路76巷65號1樓
　　　　　電話：+886-2-2796-3638　傳真：+886-2-2796-1377
　　　　　http://www.showwe.com.tw
劃撥帳號 / 19563868　戶名：秀威資訊科技股份有限公司
　　　　　讀者服務信箱：service@showwe.com.tw
展售門市 / 國家書店（松江門市）
　　　　　104台北市中山區松江路209號1樓
　　　　　電話：+886-2-2518-0207　傳真：+886-2-2518-0778
網路訂購 / 秀威網路書店：https://store.showwe.tw
　　　　　國家網路書店：https://www.govbooks.com.tw

**本書獲台北市文化局出版補助**

2022年11月　BOD一版
定價：350元
版權所有　翻印必究
本書如有缺頁、破損或裝訂錯誤，請寄回更換

台北市文化局
Department of Cultural Affairs
Taipei City Government

讀者回函卡

國家圖書館出版品預行編目

波特萊爾,你做了什麼?:臺灣詩學散文詩選/寧
靜海,漫漁編.--一版.--臺北市:秀威資訊
科技股份有限公司, 2022.11
    面;　公分.--(語言文學類;PG2836)(臺灣
詩學散文詩叢;1)
    BOD版
    ISBN 978-626-7187-15-9(平裝)

863.51                          111014334